水野るり子詩集

Mizuno Ruriko

新・日本現代詩文庫

100

土曜美術社出版販売

新・日本現代詩文庫　100　水野るり子詩集　目次

未刊詩篇

エッセイ

解説

年譜

詩篇

詩集『**動物図鑑**』（一九七七年）抄

ワニの場所

ワニが来た
速足で来た
長いワニのあとに
またワニが
目のつぶれたワニのあとに
またワニが
どこからとなく
ぞくぞくと来た

ワニはふえた
あらゆるワニになった
ワニの場所には
恐怖がなかった
殺しはあるが
殺されなかった
ワニの場所には
ワニ臭い風が立ち
ワニたちは
ざわざわみぶるいした

ワニの場所には
広さがなく
ワニたちは押し合いながら
じわじわとつながり
一枚のうごめくワニ皮となり
ワニの場所はかくされ
ワニはワニのなかにまぎれこんだ

そのとき

ワニはとうとう姿をあらわした
するとワニの姿を見たものは
その場ですぐワニになった
その正体を叫ぶまもなく
最後の一人もワニになると
ワニは来たときと同じ速さで
ふえながら
たちまち見えなくなった

カモメ

カモメは河口にいる
蛇行する川のしるしが
海岸線に断ち切られ
ふいに消える場所
カモメはその河口の上を飛びかいながら
海の裏側でたえず生れてくる
小魚の群を見張っている

カモメを知りたいときには
河口に行かなくてはならない

だがカモメの方法や川の方向
騒がしい小魚たちの名前の抑揚を
ひとつひとつそらんじてみても
河口を尋ねあてることはできない
河口に逆巻くカモメたちの
乾いた喉の音さえ聞けない

カモメのいる河口は
地図の上にはない
カモメの舞う空には
高さがない

疲労した空の等高線をなぞって
ひとが河口にたどりつくまでに
カモメは鳥の姿のままで
とっくに死んでいるだろう

象

その象は三本足である
たるんだ皺の重みをひきあげ
ごみ捨て場の夕闇の中にかくれている
腐敗することのない不消化物の山が
焦げくさいにおいを立て
重い廃油となって空を侵している
ブルドーザーもひびかず
火も種子ももえないこの場所にむかって

どこからか象は裏切られてきたのだ

あまりに場違いなこの成行きは
象を途方に暮れさせる
夜のごみ捨て場をきしらせて餌をあさり
ドラム缶の足音を
町の眠りの裏側にとどろかせる
うっかり追い抜いて来てしまった
自分のもう一本の足に毒づいてもみる
草食性の身の上をかくし　人目をさけて
町の上空を飛ぶ　排泄物に汚れた鳥を
鼻高々としめ上げてもみる
だが奇形の象のかなしさは
日ごとに錆びついていく町の空に
錨のように重くひっかかったきりだ

スクラップ広場に漂着する

町という町の悪夢は
ついに回収されることがない
その黄色いガスの底をさまよう
一匹の象の姿を見たものはいないいか
もう人間の領分ではない
荒涼としたあの象の場所を見たものはいないいか

キツツキ

森の窪地に
一羽のキツツキが迷いこんだ

暗くなると
女の子は背が伸びてくる
しなやかなその指先で
卵の殻をめくりとり
鳥を誘い出す笛をつくる
吹口にお父さんの握りこぶしをはめこんで

夜の森で
女の子は長々と笛を吹く
お父さんを呼び出すために
お父さんは夢のなかに閉じこめられて
ひなどりの羽をむしっている
大皿にスープを濾してから
女の子の血をひとしずく絞りとると
やがて大きな鳥になる

女の子はつばさをひろげた大きな鳥を
夜の木のうろに誘い出す
女の子は巣のなかで鳥に孵る
森の髪の毛に顔を埋め
草色のまぶたを閉じた大きな鳥に

女の子はぴったり寄りそうと
容赦なくつつきはじめる

夜が明けるまで
森の窪地で
一羽のキツツキが
自分の骨をつついていた

冷凍魚

魚は一匹ずつで悲しんでいる
早春の塩の浜辺にひきあげられ
塔のように倒される海の魚
しなやかなその喉のところまで
ゆきばのない海が溢れてきて
やがてそのまま凍りついていく長い時間

かつて魚を許してくれた
あの水の限りないやさしさが
今はふしぎな残酷さとなって
魚の全身を
容赦なくしめつけてくる

そうして
魚はあえぎながら
少しずつ
内側から啞になっていく

熊

熊をとらえたことがある
熊を馴らしたことがある
熊を食べたことがある
だが熊をみつけたことは一度もない

熊は崩れ落ちる赤土の
鈍い悲鳴の底にいる
病人が死んだ後の
暗い病院の廊下にいる
だが檻の中には熊はいない

いけにえの喉の傷痕
そのさかだつ毛

クマという名の呼ばれ方
そのどれもがしめし合わせて
熊を裏切り
一切の熊の証拠を隠滅したのだ

三日月の背骨の陰に
長い間屈みこんでいた熊が
後足でふと立ち上り
青白い光の中に行方を消したのは
そのときからだ

熊を探すものはもういない
熊を探すものは
行先のない熊の足跡を
逆にたどって
いつでも檻の前に帰ってきてしまう

食卓

あれは一頭の獣だったのか
それとも何か別のものだったのか
黄色いもやの立ちこめるある夕方
ふいに運びこまれてきたあの生きものは

闇の内側からあらわれて
正気を失ない　血を流し
夏の濁流の匂いを立てながら
私の腕の中に沈んだ不用意なやさしい身体

私はその厚い皮膚を剝いでよく鞣めし
四本の脚を打ちつけて食卓にした
二度と立ち上れないほど　しっかりと
生涯の食事をとるために

そして私は忘れてしまった　いつからか
あの動物のこと　川のこと
獣たちと私とがいっしょに寝た
不安に満ちた空の下の
一枚の地図のことを

盲目のサイ

鳥の飛ぶ白い空の下に
一頭のサイがいる
サイを囲む檻は黒く頑丈で
そこを脱け出たものはいない
もうサイの外側には何も起らない

かつて沼地でサイを撃ったものも
サイを陥れたものも
今は檻の外から手を伸ばして
サイのからだに触れることができる

サイのからだは
暗い内臓の起伏を覆って
しっかりと閉され
根こそぎにされたサイの秘密の
一部始終をかくしている

とらわれたサイをめぐって
ひからびた風が吹き
かわいた地殻がひび割れ
無色の空が次々と蒸発するのを
サイは押し黙って聞いている

だがサイの横切った熱い半球には
しなやかにたわむ痛い大地があり
飛沫を浴びる濃密な空の匂いがあり
貫流するなまぐさい火の列があり
それらはサイのからだを　今も
まるごとの祭典のようにどよめかせている

打ちこまれた荒々しい杭をすりぬけ
ざわめく円周を欺いて
盲目のサイは戻っていく
土色のよろいの下に
眩しい原色の謎をしまいこんだまま
生きものたちに属する
あの沈黙の地層へと

蛇

雨が降りつづいている
そのなかを蛇が這ってくる

蛇はするすると
睡る人の聴覚のなかへ入ってくる

蛇は沈黙の地方からやってくる
塩の柱が立ちならび
生きものの記憶がとだえた地方から

蛇には喋る舌がない　目がない
ただひとすじの琥珀色の毒が波打っている

蛇の腹の連続模様が地をすべり
かすかなうろこの音をたてはじめる

人のからだは石になり
耳だけが　雨の底で
とどろく蛇の心音をとらえている

詩集『ヘンゼルとグレーテルの島』（一九八三年）抄

Ⅰ

ヘンゼルとグレーテルの島

二人で一つの島にすんでいた夏がある　小さい門にはどの家とも区別がつかないように×点がつけてあった　私はせまい階段をのぼって　髪に花をさしながら部屋に入った　部屋には象がいた　象は後向きになって海のことばかり想像していたので　波がいくたびも背中をのりこえているうちに　ほとんど島になりかけていた　やがて島は小さな明りをともしたまま二人をのせて　夜ごと海へ沈んだ

兄は夜になると島のことばかり話した　島はまだ幼ないときヒトに囚えられて裸にされ　動物分布図まで記入されている（二人はとてもはずかしかった）古い記号が今もかすかに島のあちこちに残っている　それは縄目のあとのようにみえる　デボン紀に一種の両生類が島を通りぬけた跡があるが通りぬけたこと以外何も分らない　さびしい島はそれ以来象の姿でひっそりとぼくらを待っていたのだ　空と明るい羊歯の森かげへぼくらを連れていくために

昼間二人は円い食卓に向い合い象と島の行方だけを考えた　盆踊りの余韻が風にのって流れ　東洋のどこかの国へ来たような気がした　私は象にドーラという名をつけた　兄は島にドーラという名をつけた　私は象使いのムチをつくる蔓草につい

て歌をつくり　兄は島の地質とただ一つの大きい足跡の寸法について長い論文を書いていた　二人はテーブルをまわりながら象と島の見える位置へはてしなく近づいていった

いろいろなところで父や母が死にはじめた　大人たちの戦争が起った　みなれぬ魚が階段をのぼって戸口できき耳をたてる気配がした　私はうつむいて魚をひきあげると足を切った　どの足も短かかった　窓の外は足と古い内臓のにおいがしたみごもった魚の腹のなかには盲いた地図が赤くたたまれていた　楕円形の暗いお皿の上に兄は地図をひろげた　それは多産な地方だった　二人は無垢な疵口のように横たわりみしらぬ魚の料理法を初めて学んだ　魚もヒトもいつか癒される必要があるのだと知った　それが大人たちの秘密だった

森の奥で羊歯の胞子が金色にこぼれる音がしたかまどの中で魔女がよみがえりはじめていた　あの人のポケットにはもうパン屑も小石もなかった　そして短かい夏の末にあの人は死んだ　それは透明な小さいコップのような夏だった　だがそのような夏を人は愛とよぶような気がした

ドーラの島

ドーラを捜しに行こうと兄がいった　ドーラは島の象だった　島は日没の近くにあった　島のまんなかに一日分の空があり　空は町をかくしていた　町は窓をかくしていた　兄は病室の窓から森かげへ去ったドーラの行方をみつめていた　ドーラは追われていた

兄はいった　ドーラは世界の幼ない原型なのだ　象から鳥に　鳥からトカゲに　トカゲから貝に　貝からヒトに　たえまなく送られてくるらせんの音階が見える　ドーラから発信され　無限につづく緑色の母音の系列はまたドーラの耳に還ってゆく　ドーラは聴いている　ぼくらの内なる〈ア〉をざわめかせ　ぼくらのさまよう〈イ〉をいざない　ゆるやかな母音のリズムが球形の空をめぐっているのだ

島は夏の終りに向かって流れていた　象たちは次第に狩りたてられ　こわばって　パンになり　むちになり　椅子になった　ドーラの思い出だけが二人を共犯者にした　置きざりにされたまるい手や足の間を二人はひそかに歩きつづけた　ゆきくれた象たちは崖の上で瘤の多い植物に変った　V字型の岬にひからびた象の木が一本横たわっていた　乾いた砂礫に半ば埋れた木は年輪もなく果実をつけることもない　まるで鉱石のようにみえる　風の暗い日　浜辺は象たちのとぎれがちの悲鳴で満たされた

大人たちが兄の死を予告した　島の中空で世界がこわれたオルガンのように鳴りひびいた　夏の間ドーラを捜しながら兄と私は粗い毛の生えた灰色の耳のありかへ少しずつ近づいていった　蘚苔類におおわれた冷えた聴覚の片すみで道はゆきどまった　ききなれたすべての言葉と音の破片が激しい流砂となって　漏斗型の大きな耳の底へ吸いこまれていた　世界は無音になりドーラの軌跡はそこでとだえた

真空のなかに私の心臓の音だけがひびいていた　それが空をめぐるただ一つのリズムだった　夢の

なかへもう一つの夢からさめていくように死の傍
は暗かった　兄の目が私をじっと見ていた　私を
通して背後の窓を見ていた　日没の窓で海が泡立
ち　ドーラの島がそのなかへ沈んでいった

モアのいた空

幼ない日にはよく風が吹いた　風が空の堆積物を
吹きはらうと　鳥たちの足跡が見えてくる　ぼく
と妹は足跡から一羽の鳥を探す遊びが好きだった
空色の画用紙いっぱいに妹はさまざまの鳥の形を
描いた　太い脚と長いくび　また太い脚と長いく
び　妹の描く鳥にはどれも翼がなかった
鳥は夜になると四角い画面をぬけ出して夢のなか
へ入ってきた　そのおおらかな背中の線は巨鳥モ
アのりんかくにぴったりと重なった　モアはしば
しば妹の夢のなかへぼくを連れていった　夢の奥
はぼんやりと広がり　たくさんの砂色の子どもた
ちがさまよっていた　どの子も妹にそっくりだっ
た　かれらは大きな目と鳥の脚をしていた
ぼくらはモアのことをよく話した　翼の退化した
鳥モア　空をなくした鳥モア　モアのたどりつい
た大地はきっとひどく高価でさびしい場所だった
のだ　火とハンターと翼のあるワシたちがかれら
を沼地へと追い立てた　五万年前のある一日　モ
アの親子が一組の足跡を砂岩の上に残している
その日から底無しの泥泉へ向けて　かれらはどん
な曲線をえがいて滅びていったのだろう
ぼくらは沼とモアとの間に位置を占め　とぎれた
歩行のあとを一本の線でつなぐ遊びをした　ぼく

は火と氷と欲望の弓矢をモアの視界に置いた　妹は透明な一枚の地図の上で風のやんだ空を見あげていた　瞳のおくで空が藍色に深まり　ちぎれた昆虫のはしきれが小さな火となって燃え上った　そのとき妹は瞳の底の短かい夕焼けの方向へくっきりと一本の線をひいた

大人たちははんぱな子どもたちを階段の下へ追いたてた　子どもたちは暗がりに白いクレヨンみたいにあおざめて寄り合っていた　かれらは大きな目をあげて昔空のあった場所をみつめていた　ある夜ぼくは見た　たくさんの子どもたちが鳥になりかけたまま階段をのぼって　つきあたりの窓から空のなかへ一列になって入っていくのを　そしてぼくはその日から妹を見失なった

＊＊＊

幼ない日には窓をあけると空の内部が見えた　空の底には滅びたモアたちの骨が星のように重なっていた　夜明けと夕暮れとがはげしく交代して昼のするどい星々が傷ついていた　そしてぼくらもまた小さく廻転しながら　見えない鳥たちの軌道の上をゆっくりと動いていた

象の木の島で

島の形は日によって変った　雲の分量により　窓のひらく角度により　椅子のおかれる位置により　あるときはひとでのように拡がり　あるときは巻貝のようによじれ　あるときは砂の一粒のように小さかった

部屋は階段の上にあった　階段をいくつものぼっていくうちに日が昏れて　部屋は暗がりの中にぽつんとおかれていた　兄は細長い窓を閉ざして灯をともし　島の内側をのぞいていた

月明りに巨大な象の木が一本立っていた（追われた象たちは島の上に立ちどまり少しずつ木になっていった）　木は砂色の岩の底から太古の記憶を吸い上げて二人に語った　灰色の大きな葉が砂まじりの風の中でさらさら鳴ると　木はラングという象になった　ラングは身をすくめてひっそりと立っていた　ラングの肋骨の間を風が吹きぬけて幾条ものさびしい冬の音階をつくっていた　それは言葉になる以前に失なわれた遠い生きものの声を思い起させた　ラングはうなだれて語った

海に向かってひらかれていた世紀があった　牙の生える前の生きものが大きくて豊かなからだを伝えようと生れてきた　それははてしない空からの粒子をひそめていた　どんな大海に沈んでも濡れることはないのに　一粒の水滴にも溺れることができた　風のなかを太陽にむかって飛び　全身からオレンジ色の匂いを立てた　海の象のようで空の鯨のようで　まだその名を呼んだものはいなかった　ただ一回きり　ただ一頭きりの生きものだった　その生きものは　もし一千日の陽光があれば一千ともう一通りの呼吸の仕方ができた　それは熱い世紀だった

それからラングは語った　陸地での乾いた長い世紀のことを　虚空に吊り下げられ　ひからびていったさまざまの形の肉や血のことを　つながれて見世物になったたくさんの声のことを　大きな葉っぱみたいにむしられ棄て去られた耳のことを

捲きとられ人目にさらされた舌のことを　生物学のコンクリートに埋められた数知れぬ足跡のことを　この世界と同じ大きさの見えない檻の内部のことを　その声は風となって幾晩も島の窓ガラスをゆすった　石や草や動物たちがかれらの境界をこえてお互いの近くにうずくまっていた

島が冷えはじめた　大人たちが象の木の近くで群れうごいた　夜ごと四角い大きな影が窓いっぱいにひしめいた　島にはロウソクも薪も足りなかった　ラングの樹皮は剝がされ燃やされ　その火が一瞬窓を照らした　幹は根元近くから伐りたおされ　やがて木は皺の多いかたまりになり　灰色のベンチになった　夕ぐれに子どもたちがその上に腰かけ　子どもたちもそのまま木の部分になっていった

島は黙りこみ小さな部屋は凍えてきた　餓えた鳥たちが窓の高さで島を横切っていった　翼が凍りかけ鳥は砂の堤防をこえて海の方へ小さな卵を運んでいた　兄と私は闇の奥に寄りそったまま　ラングの立っていた灰色の地層へ無数の気根を下していった　どこからかはじまった氷河の時代がすべての生きものの記憶を再び闇にむかって封じこめはじめていた

ぼくたちもいつか一本の木になるのだと兄がいった　木は切られて椅子と火になるだろう　椅子も火も遠いところまで象の木の物語を運んでいくことができる　凍てついた窓の内側で雪が降り出し　雪は抱き合った私たちの上に深く積もりはじめた

木の家

影のない大きな昼間のなかに子どもたちだけが取り残されていた　木の家を棄てたのは子どもたちだろうか　大人たちだろうか　大人たちはなにげなく手近な窓を開いて　昔の木の家のある方向を指さしてみせる　すると木の家は思い出のように昼のはずれの方に見え　植物の細い茎が壁を這い　昆虫が低く唸っている　兄と私は窓辺によっていくたびもその木の家を眺めた

＊＊＊

兄はいった　あれは木の家ではない　ぼくらの木の家は黄ばんだ夜の地図の上で朽ちかけている

あの錆びついた扉を押しあけるものはだれもいない　木の家のそばを通るものさえいない　木の家の内部の壁は夜空のように暗く湿気の底に沈んでいる　ぼくには見える　壁の上に残された小さな星々のようないくつものしみが　あれらの点々をつないでごらん　あれは幼ない夜にぼくらが描きつづけたふしぎな動物たちの姿なのだ

深い闇の底から今もぼくらを見上げる目のないワニ　ぼくらを追う足のない象　ぼくらを呼びながら墜ちていく鳥　ぼくらの手が知らずに描きつづけたあの生きものたちはどこからやって来たのだろうか　木の家の内部は彼らのあえぎに満たされている　彼らを光のなかへ連れ出すためには　わずか一本の線　一つの点を加えれば足りるのかもしれない　だがそのための時間がもうぼくにはない

毎夜私は一人になると夢のざらざらした原野で
私を追いかけてくるワニの頭を見た　荒れ果てた
町なかをさまよう象の足とでくわした　海に沈む
鳥たちを見た　かれらのふくらんだ尾や頭の部分
は夢の外へはみ出していて　そこから静かに血を
流していた　それは傷口のように私を苦しめた

毎夜兄は一本のマッチを手に木の家のある方向へ
出発しつづけた　すべての声のないあの生きもの
たちを今は地上から燃やしつくすことを兄はねが
った　だが夜が明けるごとに兄は傷ついた魚みた
いに死の匂いを立てて私のもとに流れついた　ぬ
れた長い髪が額を覆って熱のある兄は見知らぬ少
女のようにみえた　兄のひたすらな歩行もついに
あの動物たちまで届かなかった

＊＊＊

木の家の暗い絵が幼ない日の落書であるかどうか
私には記憶がない　だが木の家が腐蝕し　木の壁
が崩れおちる前に　私もまたあそこへ向かって出
発しなければならないと思った　あのうすれてゆ
く点々を星のようにつないで　見棄てられたワニ
たちの目や足の位置を見出さなければならない
そのためには一本のマッチでなく一本の勁《つよ》い絵筆
を私は持ちたいと願った

II

丘

あの子がいなくなりました　まるい鏡の中の野原です

丘の上にはかぼそい草がゆらゆらと萌えていて摘草にくるのは雄鶏ばかりです

まだらの蛇たちがむらがって　西空の燃えがらを消していきます　空は一面の煙です

あの子はどこへ行ったのでしょう　風がよろよろと暗い空のふちに触れていきます

〈ねえ　そこにいるのは尼僧ですか　じゅずを手にして　一日中　雲雀の卵を食べているのは〉

鏡のおくへ小さな足跡がつづいていて　丘はどこまでも　しんとした春の夕ぐれです

影の鳥

鳥は死んでから
だんだんやせていくのです

町には窓がたくさんあって
夜になるとどの窓のおくにも
橙色の月がのぼります

でもお皿の上の暗がりには
やせた鳥たちが何羽もかくれています

鳥たちは
お皿の上にほそい片足を置いて
大きな影法師になって
月のない空へ舞い上っていくのです

死んだ鳥たちは
雨の降りしきる空で
びっしょりぬれた卵を
いくつもいくつも生むのです

そうして冷たい片足を伸ばして
沈んでいく月をのぞくと
深いところには
人間がいて
窓のなかで
ちぢんださびしい木を切っています

魚

お母さんが子守歌をうたっています
お母さんの手のなかには
うっすらと血のしみがついていて
ちいさな子どもたちがぎっしり眠っています
どの顔もさびしいお魚みたいです

棄てられた子どもたちは
暗がりで
大きな網にさらわれて
みんなお魚になってしまうのです

魚たちは
夕ぐれになると
帰る場所をさがして
かわいた丸い口をあけ
一心にお母さんを呼ぶのです

でもお母さんは
まっしろいお皿をならべて
せっせと晩の支度をしています
台所の窓に灯がともると
魚たちの泣き声は
ぱったり
やんでしまいます

蛇

台所の窓は小さくて曇っている　空全体も曇って
ひびが入っている　ひびわれた空の下にぼくらの
石の家がぽつんと見える

食卓の上に深鉢がならんでいる　一つ目の鉢はお父さんに　二つ目の鉢はお母さんに　三つ目の鉢はぼく自身に　でも鉢のなかみが思い出せない　食器の奥にかくれたぼんやりした暗がり　椅子にのっかってぼくは中をのぞきこむ　鉢の底は沼みたいに深い　沼底には蛇がいるとお父さんが云った　沼に近づいてはいけない　足のあるものは二度とそこからもどれない

日が沈むと沼はぼくの部屋から遠ざかり矢印の先の黒い一点になる　ぼくはこっそりブランコに乗る　平行四辺形の真夜中のブランコ　歪んだブランコ　窓をしめてぼくはブランコをこぐ　お母さんがみえる　大きな病気の鳥みたいにはねをたたんで　沼底の森の木にとまって　ゆれているさかさまのお母さん　沼が波だっている　道がよじれている　一筋の蛇の跡が沼の方へつづいている　ぼくはもう一度ブランコをこぐ　高く　もっと高く　そうしてぼくは手を放す　お母さんのいる沼へむかって　ぼくは墜ちつづける　いつまでもいつまでも

お母さんが晩のおかずをきざんでいる　包丁の音が子守歌のように石の壁にひびいている　〈だあれかさんのうしろに　へびがいる〉　ふりむいてぼくは石のとびらを押しあける　〈だあれかさんのうしろに　へびがいる〉　ふりむいてぼくはまた石のとびらを押しあける　ぼくは押しつづける　何枚ものあかずのとびらを　すると夕ぐれのずっと奥の方で　お母さんがおなべのふたをとってのぞいている　煮えたかどうだか　ぼくには見えない　おなべの底が見えない　ぼくは背のびする　ぼくの足が草をふみしだく　草の匂いが立ちのぼる　ひなたの熱い草いきれのなかにぼくのひとりっきりの部屋がある

魚の夜

子どもが深い夢のなかで目ざめている　病室の窓から街の内部が見えてくる　街はくろずんでところどころ傷んでいる　街路の上の濃い闇の裂け目をふんで　一人の男がこの街を通りぬけていく

男は一匹の大きな魚を背負っている

男の歩行につれて　あおむいた魚ののどの奥で釣針がにぶく光る　大きな魚の内臓には小さな魚たちの餓えがぎっしりとつまっている　魚たちは押し合いながらゆっくりと闇の奥の市場へ向かって運ばれていく

海からあがってくる通りは長く　家々は貝殻のついた窓をかたく閉ざしている　魚売りの顔はみえない　だれも魚売りの足音に気づかない　それは夜毎に廻る時計の音に似ている

病室の窓ガラスに男の深い長靴の音が一晩中こだましている　子どもはいくたびも夢のなかで目をひらく　みひらいた大きな魚の目からたえず海の色が流れ出し　灰色の街路をひとすじにぬらしていく

発熱した子どもの胸に母は耳をあてている　胸のなかで小さな盲の魚たちがもがいている　子どもの口は乾いて　引いていく潮の匂いがする　母は子どもの胸をそっとひらき　手をさし入れて余分な重たい内臓を一つ一つ丹念にとりのけていく
汚れたシーツはとりかえられる

母はすきとおった子どものからだをかるがると抱きとり　暗い病室の外へ立ち去る　ちらばった魚の残骸は　朝　海から遠いコンクリートの穴の底にすてられている

灰色の木

木の描き方を教えたのはお母さんだ
湿った日暮れのスカーフをひろげて　生れた子どもをすっぽりかくすと　お母さんはうすら寒い夢の底へ降りていった　灰色のクレパスだけを持って　背の低い木がまばらに生える道を

灰色の丘のはずれに　ひわ色の鳥たちの群がしきりに湧いていたが　お母さんはひっそりと涙の谷へおりて　子どもの小さな靴を片方落してしまった

もうどこにも行けないよ　どこにも行けないよ　子どもははじめて泣き方を習いながら　お母さんのはだけた胸の奥に灰色の鳥の卵を見つけた

お母さんの長いすすり泣きの中を　やがて灰色の大きな鳥が飛び立っていく羽音がした　まっすぐな細い頸と　餓えた鋭いくちばしが見えた

大きくおなり　大きくなって　秋には一本の木におなり　あの鳥が荒れた空からもどってくるまでに　おまえは大きな木におなり　とお母さんは子どもの素足を抱きしめて云った

秋になった　はだかの木が丘のふもとに立っていた　枝を切りつめられ　蟬のぬけがらも取りつくされて木は風にふるえていた　わずかな灰色の葉の先端で木は懸命に荒れた空へ近づこうとしていた

何枚も何枚も子どもは木の絵を描いた　木がのびると空はもっと遠くで荒れていた　いくたび夢からさめても手には灰色のクレパスしかなかった　子どもはそっと指を切って　葉かげに一粒の赤い実をつけた　血はすぐ乾いて黒くなった　だが鳥はやっぱり来なかった　青白い顔で子どもは木の絵を描きつづけた

暗い絵ね　とお母さんがのぞいてつぶやいた

Ⅲ

春のモザイク

うすい卵の殻のなかで　子どもたちが首をのばして緑色のお皿を待っています　春が近いのです　でも調理人が忙しいのか　なかなか到着しません　胸騒ぎのする親たちがレストランの片隅にうずくまって　さっきから時刻表をぱたぱためくっています

待ちくたびれたおばあさんたちが　鳥のかっこうで茶色いとびらに近寄っていきます　把手を引くと冷凍庫のなかは春一番です　一寸先も見えません　鳥たちははばたきながらたちまち雲の奥へ吸いこまれていきました　空いっぱい灰色の声がこだましています　町は大きなお皿にのって正午の方へ運ばれていきます　ひびの入ったお皿です

裏庭でキャベツが繁殖しすぎています　ままごと遊びの子どもたちが畑につながれたお父さんの馬の首を切っています　とても静かです　馬はうな

だれて喉の奥からゆっくりと赤い煙を吐き出しています　カラスが空で嗅ぎつけています　危ない午後です

おばあさんが駆け寄ってアドバルーンを引きおろしています　おばあさんは家鴨の足をしています　戸棚の暗がりでたくさんの家鴨の子どもが孵りかけています　まだ目があきません　お母さんが両手をつっこんで卵を一つ取り出そうとしています　両手の先は見えません　春はまもなく夜です　お父さんが帰ってきて蛇口の下で小さな舌をすすいでいます

卵

お母さんが台所で昼の火事を消しています　オーブンのなかにオレンジ色の空が焼け残っています　空の下には食卓があって　お父さんが後向きになってオムレツを食べています　背中はとっぷり日暮れです　お母さんが燃えさしの日めくりを剝いでいます　お母さんは素足です　灰色のエプロンのかげで鳥たちがしきりに卵をうんでいます　巣のなかに月がのぼります

子どもたちが卵のなかで夢を見ています　子どもたちのうっすらとした眉や口のありかは遠い枝や雲と重なって見分けがつきません　卵のなかはみどりの暗がりです　子どもたちがみじかい手や足で生れる練習をくり返しています　ある子どもは蛇になりかけ　ある子どもは魚になりかけています　子どもたちの胴体はすでに暗いのです

おばあさんが卵のなかをのぞいています　おばあ

さんの指は月の光に透きとおっています　ある卵には雨が降りしきっています　ある卵には羊歯類がはびこっています　ある卵は砂嵐です　どの風景も一つずつちがいます　でもおばあさんが卵をそっともとの位置にもどすと　卵はみんなそっくりです　ひっそりと寄り合って満月のなかへ傾いています

お父さんが影をひきずって起きてきます　影はぬれた馬に似ています　馬はいうことをききません　くたびれたお父さんは窓のそばで卵につまずきます　卵はかすかな音をたててつぎつぎにこわれていきます　子どもたちの溜息がぼんやり残っています　でもお父さんは気がつきません　うなだれて窓辺に立っています　馬がお父さんの影をまたいで満月のベッドへもどっていきます

忙しい夜

お父さんとお母さんが扉のかげで春の豆を炒っています　豆の粒から細い蔓がのびてきます　蔓はかぎ穴から子どもの部屋へ入っていきます　かぎ穴のむこうは緑の夜です　首の長い馬がやぶを分けて月の斜面をおりていきます　馬の目は光の中でうるんでいます　馬はのどが渇いています

月が井戸の上を渡っています　井戸の底に金色にゆれているのは卵です　蛙が両手に抱えています　春の秒針はゆるく空を廻っています　子どもは深い緑の帽子をかぶってベッドに入りました　帽子のかげに白い大きな耳をかくしています

夜ふけの枕で白い兎が身うごきします　どこかがちょっと病気です　鼻の先か耳の裏側かよく分りません　小さな蜘蛛が巣をかけています　巣は少しずつ拡がってきます　子どもはいつまでも眠れません　窓の外で黒い兎たちが一晩中跳びはねています

お母さんが低い声で歌をうたっています　歌のおくからかたつむりが一匹這い出してきます　ねむたいかたつむりです　紅色の角をちぢめて月の丘をのぼっていきます　子どもが後をつけていきます　地衣類がざわざわと青い胞子をとばしています　風が出てきました　お母さんが窓から手をのばして満月の帆を引きおろしています

馬と魚

夕ぐれの台所でキャベツを解剖するお母さんの指はうすみどりに濡れている　指先から一滴のしずくがぽとんと落下するとお母さんの記憶の波間から一頭の黒い馬が顔を出す　春は長い　馬はゆっくりと向きを変えると野に埋まるヒヤシンスの球根をふんで一晩ごとに遠ざかる　暗い丘にひづめの音が消えた夜　お母さんは腰を下したまま耳の奥のアンモナイトの化石をそっとほどいている

床下にはラベルを剝がれたワインの壜がならんでいる　横たわったはだかの壜を手にとってのぞいているのはお父さんだ　壜の奥には一匹ずつ魚がねむっている　魚たちの夢が壜の口から透明な液

体になって流れ出している　お父さんがそのなかで赤い暗いナイフを洗っている　春が深くなる
魚たちの夢がだんだん赤く濁っていく

台所の隅で麦の穂が鉄鍋の蓋をもちあげている
ぼくと妹はエプロンをはずし　対角線をまたいで夜の麦畑へ入っていく　野原には青くさいランプがともっている　ぼくらの掌には死んだ一頭の馬がかくれている　ぼくらは素足で立ったまま黒いたづなを風に解く　馬はよみがえり目ざめた星々の流れにそってぼくらを運ぶ　ぼくはしなやかな草色の鞭をにぎりしめる　風に妹の髪がなびく
冷えた大熊座で麦の穂がしきりにざわめく　ふりかえると晩春の窓でお母さんがゆうべのお皿を洗っている

詩集『ラプンツェルの馬』（一九八七年）抄

I

春のキャベツ

それはところどころ
大気の中へ薄れかけていますが
草の繊維で編んだ
長い梯子をのぼっていくと
空のすきまから
キャベツの内部が見えることがあります

それが春ならば
緑いろの厩舎の奥で

馬たちが
蛾のように孵化しています
透きとおったひづめが
卵の殻の内側を
しきりに掻いていて
羽毛状の触角が
空の方へ伸びかけています
（キャベツの一日は途方もなく長く……）
麦色の太陽が廻る
太い芯の上に
小さな男が腰かけています
手にぼんやり握っているあれは……
ラッパでしょうか
むちでしょうか
男は百年の間もそこで番をしていますが
キャベツはまだゆっくり熟しています

もし耳をすますなら
天空のどこかで
たえず葉の捲いている音がして
キャベツの芯の部分は
星雲のように暗いのです

声

耳は
大きな日暮れの中にあり
夕陽のそばで
子どもたちが泡のような声で喋っている
夕焼けって濃いね
けむりみたいに手ですくえるね
空気の繊維がふくらんでにじんでいるよ
瓜の実が熟れるときのように？

ぼくらも熟していくんだね
蜻蛉だって　小石だって
でも速いものや　おそいものがあって
いっしょには行けないね
ちょっとずつ　ずれているね
熟れるとだんだん捩れていって
巻き貝ほどに暗くなるね
そしてはがれて　散って　小さくなって
大気の水面からこぼれていくね
父さんだってさ
呼んでみようか
しっ　何か春の方から逸れてくるよ
イヌかしら　カヤツリ草かしら
風の高さをさがしている……
ハンノキの花粉だよ
らせんの軌道だ
一万年も飛んでいる

ひとりっきりで
風の切り口をこえて
夕焼けの外側を廻って
傷もあるよ　トゲトゲもある
オルガンの音色で鳴っている
からだじゅうのパイプで……
呼んでいるんだね
いつか……木になれるかしら
……ついて行こうよ
間に合わないよ　ぼくらの速さ
夕やみの中へ　声は
虫の羽音のように吸い込まれ
あとには耳だけが暮れ残っている

II

ケンタウルスの食卓

冬の間窓をしめ切っていたせいか　私の馬は
呼吸が薄くなりました　吐く息は葉緑素の匂
いです　ここはつつましく灌がいされた星で
す　丘陵には星屑みたいなレモンとにんじん
の列　湾のふちには芽キャベツがこぼれてい
ます　ひとは寒冷な天のテラスに腰かけ　水
栽培のクレソンをしきりに食べています　淡
いキリギリスの家系でしょうか　かれらは霧
のようにふきげんです

南へ行きませんか　私たちの食卓は地平に半
分沈んでいます　そこで私はきゃしゃなひづ
めをもつ彼と熱いステーキをわけ合うので
す　それはひそかな血なまぐさい事件です
暗いお皿の上のかたつむりや兎や魚たち　か
れらは喉のおくに一本の光る角笛をかくして
います　（それは私たちと似て紅色です）
テーブルにのってかれらはしんと目をあけて
います　そして私たちの食欲は無心です

食後私たちは大きな月の鎌をはずし　火口の
底へレタスをぬきにいきます　野生のものた
ちの肉のほとぼりには　冷えたたっぷりのサ
ラダが似合います　彼のひづめは深く闇を掻
いて走ります　天はゆるやかに傾いていきま
す　やがて私たちがあかつきの白いナフキン
を拡げる頃　窓の外ではまだクレソンを嚙む
音がショリショリとつづいていて　ここはほ

んとうにさびしい星です

五月のアラン

朝　アランは空の下でガラスの風船を手にしている　少年アランの足は地面からわずかに浮き上っている　いくら駆けてもアランの足は大地に追い着かない　風がニセアカシアの花を散らしている　アランはかすかにみぶるいする

〈山羊が地平線に大きな顔をのっけて　こちらを見ています〉

午後　アランの耳の中から短かい茸が生えてくる　うす茶色のかわいた植物たちは傘をつぎつぎにひらきながら低い声で話し合っている　蛹たちの羽化の速度や胞子の飛翔の角度について　足長蜂の呼吸法について　アランの脳ずいにはひそやかな菌糸の迷路が拡がっていく　アランのからだは空中にうかんだ木片のように動かない　風がアランをそっとゆすっている

〈山羊が知らん顔で　太い角をみがいています〉

お母さんが裏の戸をあけてアランの迷路に入りこんでくる　その歩行は蛾の羽音に似て速い　背のびしたお母さんはアランの耳から一つずつ茸をむしりとっていく　アランの耳はだんだん裸になり　お母さんの手籠はどこまでも大きくなる　アランは草色の耳をふせて

夕やみのなかにとりのこされる
〈山羊がうずくまって　こわれたラッパを吹
き鳴らしています〉

夜　アランは発熱している　アランの内臓に
はニセアカシアの森がしげっている　森は雨
だ　ぬれた葉むらがアランの皮膚の内側でざ
わめいている　アランは寝返りを打つ　蛇は
えものを仕止めたかしら　栃の根もとの巣穴
はやっぱり暗いのかしら　森はだまって花穂
を落している

〈山羊が向うをむいて　毛ばだった背中を舐
めています〉

ちしゃ畑で——ラプンツェル*より——

おばあさんがねむっています　うすいまぶた
の裏がわには空がひろがり　空は一面のちし
ゃ畑です　夕ぐれの底に蔦におおわれた塔が
あり　塔には昇る階段も入口もありません
それは空に沈んだ深い井戸のようです

塔のてっぺんに少女がうずくまっておさげ
の髪をほどいています　長い髪の毛です
おばあさんの　おばあさんの　またおばあ
さんとおんなじに　それは痛いロープとな
って　魔女のちしゃ畑から　ざわざわとい
ろんなものを釣りあげるのでしょうか　た
とえば…めんどり　たとえば…干魚　そし

て何より暗い草いきれの匂いをたてる若者
のひとりか　ふたりを…　少女は手を休め
ることができません　ほどいても　ほどい
ても　少女の髪の毛はのびていくのですか
ら

〝ラプンツェルや　ラプンツェルや
おまえのかみを　たらしておくれ〟

少女の手が無心に髪の毛をほどいていきま
す　少女の目は塔のかなたの森をみつめて
います　森は息づいています　指だけが白
く月光にぬれて　それは鎖をほどくように
われしらず少女の内部から見えない髪の毛
を引き出していきます　やがて髪の毛は金
色の川となって　ゆっくりと窓の下の闇へ
流れおちていきます

〝ラプンツェルや　ラプンツェルや
おまえのかみを　たらしておくれ〟

だれかが呼んでいる気がして　おばあさんは
夢のなかから頭をもたげます　しんとした窓
の外では風が吹き　くり返し　ちしゃが生
え　ちしゃがのび　ちしゃがしおれ　また小
さなちしゃが生えかけています

＊　ラプンツェルは、ちしゃの意で、また
少女の名（グリム童話より）。

父の神話

――オオカミと七ひきの子ヤギより――

幻の檻の中に坐って母は一人娘に語っていま

す　その声は物哀しい子守歌にも似ています

おまえは七人兄妹の末っ娘でした　兄さんたちはとびきりのまっ白い毛並みをしていたの　ある子はだれよりも高く跳べた　ある子はだれよりも歌がうまかった　ある子はだれよりも鼻すじが通っていた　あたしは幸せな母親でした　それなのにある日あたしの留守にあのオオカミがヤギのふりをして入りこみ　あの子たちを食べてしまったのです

（お母さん、お母さん、お父さんと七匹の子ヤギごっこをした日のこと？）

その時おまえだけ柱時計にもぐりこんで助かったなんて　あれは嘘です　ほんとはおまえだけがあのオオカミの血を受けた娘だからよ　森のはずれであのオオカミに襲われて　あたしが心ならずも生んだのがおまえなんだから

（お母さん、お母さん、でも私の毛皮もほら　ヤギの毛皮よ……）

食われてしまったあたしのかわいい子どもたち　あの子たちを救おうとあたしはオオカミの腹を引きさいたわ　でも腹の中から出てきたのは大きな石ころばかりだった　あの子たちはどこへ行ったの　消えてしまったあたしの夢　あたしの一生は不幸せでした

（お母さん、お母さん、それからオオカミ

はどうしたの?)

母は何も答えず一人娘の手をにぎっています
幻の檻のある場所には　陽が照り　風が渡り
いつかこのあたりで一頭のオオカミが惨殺さ
れたなんて　そんなこと信じられないように
明るいのでした

Ⅲ

消える馬

そのカンバスは
灰色に塗りつぶされ
馬の頭部だけが残されています

馬の目の隅では
こがね虫ほどの男が
穀物畑をたがやしています
馬の鼻孔の中では
密猟者が一人
花粉症にかかっています
馬の耳の中では
女と男が
千年も立ち話をしています
馬の喉の奥では
冬の鳥たちが
かすみ網にかかってもがいています

(いつからか
そしていつまでか
もう分らない長い時間……

私はその絵のまえに立っています）

そうして
まもなくさいごの一刷毛が
馬のすべてを
風景のむこう側へ
空の一部のようにぬりこめていくのです

耳のなかの兎

月夜に耳をかたむけていると
兎が二匹やってきた
（おや　アリスはゆうべも月を修繕してないな
（もう満月なのに
（波長がずれている
（メロンの10パーセントほどの音色で
（カモメたちの高さで
（空気の粒子が荒れている
（ゆれるベッドの上で
（子どもたちが夢の投網をたぐっている
（あれは幼ない蛾の一種かな
（でも今夜は藻がふえすぎていて
（大気のなかいっぱいに　からまって
（投網もほつれかけている
（すきまから魚たちが　ほら
（サヨリもイカも　星みたいになって
（だんだん空の中途へ消えていくね
黄ばんだ羊皮紙をめくるように
兎たちの会話はとぎれ
一匹が
ポケットからとり出した時計を
　――それは少女の頃の私のものだ――
ためつすがめつ眺めている

（ああ　今は何時かな　小さな雲がかかって見え
ない
（また遅刻だね
二匹の兎はそういいながら
私の耳のなかへと
月あかりの道を降りていった

七月堂の兎たち

夢のつづきの帽子をかぶって
鳥かごをさげた兎たちが
七月堂*のうすやみへ入っていく
パピルス色の子犬が一匹
生えたての春のしっぽをふっている
　子犬の目のなかは
ゆったりした引き潮で
ちいさな島がみえかくれしている
（みてごらん　ほら
（岬のかげで一頭の馬がねむっている
（トネリコの茂みのそばでね
（馬の夢のなかを
（かたつむりの群が通過している
（角のある星たちのようだ
（季節風がつよいので
（列がしきりに乱されている
（馬はいつ目ざめるのかしら
（あのはかない貝殻のもようを
（ひとつずつ……
（そのときも記憶しているだろうか
（もう二度と見ることのできない
（ふしぎな速さをもつあの縞もよう……
（なかば消え　なかば光って

かたつむりたちの列は
なおはてしなくつづいていて
月明かりの底に
からの鳥かごがひとつ
兎の影がふたつ
まひるの柑橘類のように
置き忘れられている

＊　七月堂＝出版社

夢の木

ほんの少し霧に似た
植物のような人と
土曜日への途ですれちがう
笑うと八つ手になり
寝るとプラタナスになる……そのひとは
風が吹くたび
私の窓に実をぶつけて
私をとりかこむ
ぶあつい空気の箱をゆらし
（ほらね）という
（ほら　蜜蜂の群がいっぱいだよ）
その声は緑のえんどう豆ほどの
ほっそりした茎をのばし
やがて花粉が匂うので
私の巣箱から蜂が一匹迷い出る
あとを追いかけ
春めいた遊園地のベンチで
番人の目をたくさん盗んで
靴をたくさん脱ぎすてて
オレンジ色のはだしになり
あひるほどの大きさの

あかるすぎる卵を抱いている私
みるとあのひとは
三角形の街の隅に立って
柳の木になりかけている
どんどんのびて
風のまにまに
カモメ荘を過ぎ
四月の雲に近づいていく
（ふたりで木になろう）とささやく
木の卵のうみかたと
木の舌のやさしさと
（そんなものを習おうよ）
そのあたりは雲ばかりで
しわぶきもきこえない
夜中にちいさな兎が一匹
井戸端にかがんで
灰色の耳を洗ったりする
その水音が夢の中に入ってきて
あのひとの踵をぬらすと
あのひとは木のかっこうで
向うむきになったまま
そっと笑っている

森への途中

さくらんぼが置かれているのは
台所へ入るための
一枚の地図の上であり
それは　また
森へゆく途中であり
片目の大きな番人が
太い指で
一ダース分のお皿をみがいている

泡立つ時間の近くです
（さくらんぼはもう大きいの？
ええ　スプーンほどに
あしたの夜には？
ええランプほどには
では　あさってには？
たぶんお月さまほどに……）
そのひとと　私は
低声に話しながら
さくらんぼの熟れる速度に合わせ
一万年もかかって
森のある方へ近づいていくのです
でも森はまだまだ遠いのです
私たちの時間は
行くほどに縮尺されていきます
ときどき立ちどまって
大気のガラスに傷ついた

厚い皮膚をぬぎすて
簡素な一本の木となって
葉むらを風にそよがせていると
からだの中の
見えないどこかの地平線で
灰色の鳥たちがざわざわと卵を生みはじめます
（ああ　かれらはいつ孵るのでしょう……）
そんなとき　ふいに一匹のあぶが
かすかな羽音をたてて
森の中心から
まっすぐに空へととび立っていくと
びっくりした番人の手から
また一枚のお皿が
暗がりへとすべり落ちていくのです

詩集『はしばみ色の目のいもうと』（一九九九年）抄

I

丘

ゆうぐれになると
山高帽子をかぶった
きつねたちの行列が
すすきの丘をのぼっていきます

（…先頭の
お棺のなかは
いわしぐも～）と
うたう声が遠ざかるころ

ふもとの村で
くりかえし
発熱する
ちいさないもうとがいて

秋ふかく
すすきの穂を分けて　いったきり…
その名も　今は空に消えた
わたしの　素足のいもうとよ

秋のいもうと

風が吹くとちいさないもうとがたずねて来ます
はしばみ色の目を伏せて　台所で菊の花をゆがい
ています

かたわらの鍋で湯があわあわと吹きこぼれていま
す
「きのこを焼いて
赤ピーマンを焼いて
オリーヴ油と…
バルサミコ酢を　ね
ゆうべ残った《二十世紀》を
すりおろしたら
岩塩と　ウイキョウと
それから…裏庭のハーブをひとつまみ…」

ちいさな素足のいもうとがやってくると　ゆうぐれのゾウも裏庭にやってきます　むかしふうのつつましさで西の井戸端にすわっています（それはいつもの習慣です）　ゾウたちの憶い出はもうゾウの姿かたちよりも大きくなっていて　そのなかに沈んでいく星の数をだれひとり（ゾウさえも）知りません　ちいさないもうとのようにかれらもやがて地上から迷子になるでしょう

《みずが　いっぱい　ほしいよ》という声にふりむくと　さっきゾウのいた付近から夕月がのぼっています　如雨露をもってはだしで裏庭におりていくと　ゾウは萎えた植物の匂いを立てて臥せっています　それは地を這うエレファンタ属というハーブの一種です　遠い星にいつか生えていた芭色の草です

ちいさないもうとの指がエレファンタを摘んでいます　《二十世紀》のレシピに添えるのです（黄昏によく似合うサラダです）ハーブの実は星のように飛び散ってあたりの空気がパチパチ鳴っています（ゾウの草葬のようです）耳のなかは草いろのゆうぐれに染まりゾウの影がそこをよぎってい

きます

台所でほのかにエプロンが揺れています　ちいさないもうとのうしろ姿の近くを　死んだ母が通りぬけていきます（そこはひとつの星です）菊の花の香りがただよい　鍋の湯があわあわと吹きこぼれています

紫蘇を摘むいもうと

入り日のベランダで　いもうとが紫蘇の穂を摘んでいます　紫蘇の匂いがガラス戸を淡いみどりいろに染め　いもうとの眉のあたりにまつわってやわらかく流れてきます

いもうとの胸に抱えた笊のなかで　かさこそとすずめたちが紫蘇の実をついばんでいます　うす茶色の実の香りが笊のふちから霧のようにこぼれいもうとの薄いサンダルもしっとりと紫蘇色に滲んでいます

いもうとが向こうをむいて紫蘇の実を塩漬けにしています　紺いろの島の海から汲み上げられたその純粋な鉱物質の秋の冷たさ　それらは塩とよばれ　今いもうとの指さきからきらきらとこぼれています（ひと夏の草の実の香りをかもすため　遠い恒星の熱に濾過されてきたミネラルたち…）

《ちいさないもうとは風のなかからやってきます　気がつくと台所や井戸端などにいて　草の匂いや　塩の味わいのように　また大気のなかへ溶けていくのです　〝うしろの正面だあれ〟や万華鏡あそびや　黒豆を煮ること

や　コウモリに下駄を投げることなどもして
…》

そんな日は「宵のうちにからすのふりをして　あの世をぬけてきた」という声がして　部屋のなかに古い家族たちの気配がします　めすもおすも（ハハオヤもチチオヤも）静かに羽づくろいなどしていてその身じろぎはトリのものかヒトのものか…分かりません　声は夜遅くまで雨のようにつづくでしょう　私はおおきなたまごのなかでひとり睡ります

ながい夜のひととき　いもうとは灯のついた窓ガラスのおくに背をみせて立っています　それは夢の遠近に揺れる木のすがたにも似ていて　どこかで帰りおくれたすずめたちが葉むらをさがしているのか…かすかに羽音がきこえたりします

草の匂いを編むいもうと

ちいさないもうとが窓辺で編みものをしています　指さきにまつわる草の匂いを一目ずつに編みこんでいきます　それはながいながい草いろのストールです　どこからきて　どこまでつづくのか　だれも知りません……指さきに遠い母たちの吐息が絡むのでしょうか　いもうとの指がふと止まります

＊

（もし春の野原に縁日があったなら
たんぽぽ、よもぎ、山椒の芽
かみつれ、すみれ、まんねんろう…
風のなかに　ねころんで
いとしいひとのたましいをさがそうよ）

いもうとのはしばみ色の目のおくで　くらい雨音が野原をぬらし　まだ来ないいくつもの春をぬらしています

＊

鍋のなかで魚や野菜たちがふつふつ声をあげていきます　いもうとがひとつまみの香草を放しますその身をほそく　こまかく　腑分けされ　皿にならべられる生きものたち…かれらはみなこの星の肉体です　それはテロリストの血に染みたトマトであり　大亀の骨やサンゴのあいだをくぐってきた魚です　かれらはいま香草の匂いに浸され　いもうとの指さきをチロチロと濡らしています　それは蛍火のようです

《……………………………………》

いもうとが宴のあとかたづけをしています（甘く　苦く　まろやかな酸味を一滴ずつしたたらせて　鍋のなかを通過したそれぞれの肉たち　かれらはどこへいくのだろう…）いもうとは吹き抜ける風の音に耳をかたむけています（その道の行く手にも星はのぼるだろうか　ひとのいうゾウの墓場を照らすように？）調理場は真冬の晴れた空のように拭われます　けれどいもうとの薬指には名もない一滴の血が染みついています

＊

窓辺でいもうとが夕べの編みものをしています裏庭で薄荷や芹たちがみどりの雨ににじんでいます（かれらはこの星の傷口をいやすために地上に降りてきます　それは草たちに宿るながいゆめです）ほのかに青いその匂いがいもうとの指をすすいでいます　ぶどう色の窓に灯がともり　草たちのゆめのつづきを照らしています

いもうとの木

そのころ庭は生きものたちの青く太い匂いをこもらせ、土地は木々の影を深い帽子のように被ってうつむいていた。だれもその土地の素顔を見たものはいなかった。木たちもまたそれぞれの出生を隠すもう一つの名前をもっていた。ちいさないもうとがいくたびも呼んだ名だった。

ある木は笑い上戸で、ある木はきまじめだった。ある木はなくて七癖をもち、ある木はせっかちで、ある木ははにかみやだった。木たちの名前は今も月の光のように、私の耳の底に溜まっている。ある木は《くすくす笑いのチェシャ猫》といった。ある木は《自縄自縛》だった。ある木は《急がば回れ》と呼ばれた。その響きの向こうから、春ごとに全身をのぼる樹液にくすぐられてひとり笑いをしていた（ハナミズキ）の姿や、隣の土地からはるばると蔓をくねらしてやってくる（美男かずら）のせわしない呼吸がきこえてくる。

ちいさないもうとは月夜になるとやってきて、木にまぎれて庭に立っていた。初夏の夜ハナミズキの蔭にいた素足のいもうとの肩に、梢から青大将がゆっくり落ちてきた。湿った地面から粘液質の菌類がのびあがり、いもうとのかかとをなめていた。アシナガバチがいもうとの耳のそばで濃密な大気を引き裂いていた。（ちいさないもうとは木の影のように見えた　どこからがいもうとの体で　どこからが木の瘤なのかさえ見分けられなかった）いもうとがやってくると庭は天体の一部からさっき欠け落ちてきた半ズボンの子どもたちの息づかいに満たされた。(あの青い栗の実の頭をもつイガイガの子どもたちよ…)

子どもたちにはそれぞれ木の仲好しがいた。それぞれの握りこぶしのかたち、腕の曲がり具合、そして血管のリズムにぴったり合う木が世界に一本ずつあって、子どもとおんなじ呼び名をもっていた。それが生きている証しだった。たったひとりの握り具合に合わせて　ある木は枝をしなわせた。ただ一本の木の滑る肌をよじのぼるため　ある子どもは風のなかでいくつもの血豆をつくった。

ある夜、いもうとは松ぼっくりに打たれた子どもを肩に乗せて笑っていた。(その声は幼い時に聴いた母の声に似ていた)　やがていもうとは少しずつ薄茶色の瘤のある柳の木になっていって、そこからもうどこへも行かなかった。(まもなく庭は一枚の地図のように剝がされて…駐車場になった)　空だけがその上に残された。それ以来だれもその土地の素性を知るものはいない。だが今もこの空の下には一本の古い柳の木の位置がくっきりしるされている。風に髪をなびかせながらちいさないもうとが木霊のように笑っていたあの場所が…。

ユリノキの下で

庭のまんなかにユリノキが一本立っていた。ちいさないもうとはその木を《帆船ユリー》と呼んだ。木が月夜の風に葉むらをそよがせると庭にプラチナのさざなみがたった。その夜《帆船ユリー》の真上に月が暈をひらいていた。月の面におとこがひとりこしかけているのが見えた。おおきな暈の影でおとこの顔は暗かった。だがおとこのうたう声が金いろの虻の羽音のように耳にとどいた。いもうとがそれに合わせて小声にうたった。

《おいらは草地に埋められて…
鉛の目で見あげているよ
緋色の軍服で　てっぽうかまえ
星たちや　おてんとさんを（いつまでも）》*

それはむかし兄のよくうたった唄に似ていた。唄は草の匂いを運んできた。《鉛の兵隊さん》のねむる草地に風が吹きはじめた。春だった。シロツメクサの花が一面にゆれていた。わたしたちは子どものころ、そこに子犬とねころんで、ながいながい花のくさりを編んだ。

かつてそこは射的場と呼ばれ、無数の弾が飛び交った跡だった。《鉛の兵隊さん》はそんな草原の底でじっと目をみひらいていた。（草地はいま高層団地に覆われている…）ちっちゃな兵隊さんはまだそこで声もなく、星たちやお天道さんを見あげているだろうか。わたしは彼のさびしい鉛の目を思い浮かべた。

うたごえはいくつもの月夜をこえ、金いろのこだまを耳にのこして消えていった。月の暈が庭にまで降りてきて、木々を覆い、ユリノキが梢から帆をおろしかけた。やがて雨が月の方からやってきて、わたしたちの庭を渡り　シロツメクサの草地を渡り…ひとりぼっちの兵隊さんをぬらしはじめた。

＊　R・L・スティーヴンソンの《THE DUMB SOLDIER》参照。

真夜中のいもうと

秋の夜は耳の近くを月が通ってゆく。宙空で大時計が十三時を打った。耳のおくで錆びたカンヌキをはずす音がして、ちいさないもうとが影のように私の庭のなかへ入ってきた。裏庭の垣根はこわれ、薔薇の季節も終わっていた。

（トムは《真夜中の庭*》でいまごろハティと会っているのね？　ひとは過去と現在のふたつの時を同時に生きられるのだから…）といもうとがささやいた。その声は見えない鳥のはばたきのように頬に触れた。朽ちかけた縁先にいもうとは腰を下ろし、そのほの白い素足を月がさらさらと洗っていた。（わたしの記憶の棚で一冊の本の頁が灰いろの風にめくられていた。それはひとりのおばあさんが真夜中の庭で、時を超えて少年と出会う物語だった。）

月は死者たちの澄んだ瞳に似ている。いもうととわたしは庭に散った二枚の薔薇の葉のように月に照らされていた。いないことといること…いもうととわたし…が左手と右手のように、真夜中の庭の時間を分け合っていた。世界は死者たちの記憶の容積だった。そのひかりの青い容積…のなかへ、ちいさないもうととわたしは溶けていった。（外側の暗黒をはらはらと枯れ葉が落ちていった…）

わたしたちは《雷に打たれては　また立ちあがるモミの木のこと》や《少年と少女が時を超えて共有した一足のスケート靴のこと》などを話した。きっとだれもが一足の靴、一つの食卓、一本の傘を死者たちと分け合っているのだ。わたしは靴や傘や食卓の近くに、ふと思い出のように帰ってくる死者たちの気配に気づくことがある。（世界はたった一本の木なのだ。そしてわたしたちは、秋おそく残り葉の少ない木に生みつけられ、そこに孵化した幼虫だった）

灰色の風がものがたりの頁を一枚ずつめくっていく。風はわたしたちの声でもあり、死んだひとびとの声でもあった。流れてくる記憶を樹液のように聴きながら、ちいさないもうとの傍らで、わたしは春をまつ一匹の蛹のようにねむっていた。

＊ フィリッパ・ピアス著『トムは真夜中の庭で』

Ⅱ

レタス宇宙

夢の薄明かりに
草色の空が　かいまみえた
淡いみどりの星間物質が
はげしく渦巻きながら
やがて夢みるように　かたむいて
空いちめんに
またたく星へと　結球していく
それは　原始レタスの宇宙空間…

その星々には
まだ　ヒトの食卓など据えられず
箸やナイフや皿などの

食欲の種子も蒔かれることがなく…
植物とさえ　まだ呼ばれないレタスたちは
しみこむように
くらい星々の土壌へ
元素の根をのばしていく

（けれど　そのとき　すでに
天空を　いっぴきの蛾が羽ばたいている
柔らかく巻きかけた一枚の葉に
卵の粒つぶを星雲のように産みつけようと…）

そして　いつからだろう?
アオムシがいっぴき
さくさくと　さくさくと
レタスの内部をそしゃくしている
そのうすみどりの消化器官を
宇宙の闇で
たえまなく満たしながら

飛ぶ木

木のなかで
さかんに曲乗りするもの
しきりに包丁を研ぐものなどがいて
木はたえず揺れている

太陽と
ブランコと
死んだ鳥たちから
等距離の位置に
静かに立っていた木は…

いつからか住みついた

とても饒舌な
とてもせわしない住人たちに
おののいている

夜　木は根をあらわに
木にある耳
木にある舌
木にあるすべての触覚で
空を浮遊する

木のなかの住人たちは
ますます卵を生み
スピード狂の男
きまじめな料理人
気象を測るものなど
余念なくいそしみながら
日ごとふえつづけていく

夜　木が飛ぶ
その土地の上空で
夕陽が燃え
窓がいくつも
あけしめされている

水底の秋

古墳の森のはずれに
晩い夏の宿をとると
夜　埴輪のかたちをした馬が
夢の近くを通りかかる

千年の闇に沈む寝床は
素焼きのかめの底のように涼しい

枕もとから
さわさわと水が満ちてくる

見あげると
水面に浮かんでいるのは
西瓜のにおいのする
うすあかい月だ
耳もとに　ひそかな波紋をたてながら
土の馬の背に運ばれて
中天を移動していく

水底によこたわり
月の階段を仰いでいると
（森は病んでいます…）
と　すすきの穂がまばらに鳴る
ふと　めまいがして
（生きることが　もはや病では…）

と　風につぶやく
一晩中　いにしえの女たちが
夢の戸口で
とちの実を砕いている…
その音が
わたし自身の
遠いしぐさを憶わせる

冷凍庫の空

冬のサンドイッチ
その置かれた皿の端から
たえまなく
雪が降っている

（世界はとても神話的だ）

そんな夜
天の一角で
巨人がひとり死にかけているのだ
彼の畑が血で汚されて…

そんな夜
星の裏がわで
夕日がぶつぶつと泡立ち
紅いろの　波立つシーツの上で
死んだ母たちが子を生んでいるのだ

（世界がいくたびも回転する）

私は扉を閉め
天から遠い台所で
真冬の苺を洗う

閉ざされた夜空に
大皿は　凍てついて
夢のなかに
取り残される

木への時間

《シメコロシノキ》という樹木が、なぜ私の心をひきつけるのだろう。その木性ツル植物は他の木の枝に根を下ろし、その根で宿主に絡みつき、幹を抱きしめるようにぎりぎりと巻きながら、地面にまで降り、すべての養分を土壌から吸い上げ、陽光を奪い、その宿主を殺す。宿主の幹が腐って消えた後に、からんだ根は網の目の塔となって林間にそびえているという。図鑑の写真を見ると、中空に異様に長いバスケット状のものがそびえ立っていて、それは堂々と植物の法の下におこなわれた、殺しの時間の丈を表していた。

＊

動物の身体の一部にもその種子がとりつくことがまれにあり、ヒトの場合も例外ではないという。植物はヒトに寄生すると急に勢力を強め、宿主をがんじがらめにして息の根をとめ、ヒトの体を養分として吸い取ってしまうのだ。そうしてヒトのかたちのままある瞬間から木になりおおせた網目状の存在が、駅や公園のベンチにうなだれていたり、運転席でじっと電話を耳にあてていたりすることがある。（それはヒトの死なのだろうか、それとも他の種への移行にすぎないのだろうか）

＊

いつからかさだかではないが私にも《シメコロシノキ》の種子が取り付いている。それは吸血鬼の腕にじょじょにきつく抱き締められてゆくようでもあり、未知のかたちへとわれ知らず搦めとられてゆく、ひそかに甘い冒険のようでもある。（ヒトから木への移行の過程についてはまだ記録がない）この身が木になり切る瞬間はいつか…それはあまりになにげなさすぎて分からないだろう、自身にも。気がつくとヒトはバスケット状になってそこに在るのだ…。（それを発見するのはいつも他者だ）自分の未来がなにかの容れものとして役立つのか、ただそこで朽ちてゆくだけのものなのか、その答えはない。

ものたちと

夕ぐれがはじまる頃

「好きですか?」と
問いかける声がして…
空中で　上きげんに
水をはねあげている栃の木がある
…「好きです」と
思わず足をそろえ
木とおんなじ背たけになって
夕ぐれに浸かっている

するとまた
「好きですか?」と
ささやく声がして
さかさになって
窓ぎわに浮かんでいるテーブルがある
(思いきり夕やけに染まりながら…)
…「好きです」と
またこたえて

なじみの布巾を二、三枚
こっそり引き出しにしまいこむ

やがてまた
「好きですか?」と
はるばる声がやってきて
部屋の片すみに　立ち上がろうと
ひしめいている火山がある
…「好きですとも」と
どきどきこたえて
とっぷり暮れるまで
すべもなくかたわらに
腰を下ろしている

ながい　ながい　夕やけ…
空中を漂いながら
そうやって薄れてゆくものたち

（決して自らを証そうともせず）
そして私もまたひとつの出来事になって

そんなふうに
いちにちが暮れていくとき
あしたは…きっと晴れるだろう

Ⅲ

春の柩

駅の近くでふところからリスをとり出す男を見た。袋から緑いろの粒をつまんで手の上のリスに与えている。（男の頬には影がさし長い髪が雲のようにかかっている）しなやかな指の動きを見せながらその男はつぶやく。（これは葉緑素がたっぷり入っている…宇宙食と同じ成分…これを摂るものは急速に成長する…）と。男のてのひらからリスは無心に食べつづけている。

家にもどると母がきていた　部屋中のガラスがみがかれていた　母のぼんやりと立っている背中を通して窓外の雲の動きが見えた（母の口ぐせは死んだら雲になりたいということだった）
雲は大きな竜のかたちをして北へ流れていた
そっと近づいて母の髪の毛のあたりに手を触れる　私の指さきにうっすらと大気がまとわりついてそこにはもうだれもいないのだった

その夜リスは巨大な草食の竜となって屋根の上をわたっていった……メタセコイアの梢が荒々しくゆれている……暗い街角でしなやかな指の男がい

かさまのトランプをやってみせている。どのカードをめくっても疲れた兵士の顔が出てくる。（どの顔も若い日に死んだ兄の目をしている）兵士たちは銃をとって、一人ずつ裏返しになってくらやみに散っていった。草食の竜を追っていったのだと私は思った。

夜明け　枕もとでガラスをみがく気配がした
目がさめると母がきていた　窓からはじまって　食器棚のコップ　水差し　花瓶　小さなガラスの風鈴まで　見えない指さきでみがかれていった　そして家中のガラス類が流れ星のように光る瞬間がやってくる　あけがたの五時…それはちょうど母の死の時刻だ　目を上げると東の窓を遠ざかる雲の尾が見える　それは竜というより大きな綿くずに近づいている

夕ぐれの雨が街をぬらしている。しなやかな指の男がミニチュアの白木の箱をけずっている。台の上にならんだ細工物は蓮の花の透かし彫りがほどこされ、かろやかな春の柩のようだった。人びとはそれぞれの内部にかくされた暗がりを黙ってみつめていた。やがてそれらは客たちにあがなわれ、ひとつずつポケットにしまわれ、暮れてゆく街の奥へ運ばれていった。

月の石の記憶

――北海道での岩盤崩落の夜の夢から――

月の見える、窓の大きな部屋だった。窓のわきに、天に突き刺さるように岩の柱がそびえていた。褐色のまだらな岩肌は剝がれやすく、ときどき落石が窓ガラスを打った。（夜、その音のかけらが枕

もとにまで落ちてきた）

月の光に照らされた床に小石が散らばっていた。「窓を壊したのはだれかしら」と素足の母がつぶやいている。「足をケガしないように…」そういいながら、母は月色の小石をひとつずつ拾い集めている。「これは月光石だから簞笥にしまいましょう。衣装が増えるように」母のてのひらで石はかすかに光っていた。

月の石はただひとつならさびしい石なのだ。だが空色のガラスびんに集められると、石たちは匂うように光った。母は月の夜によくそれらを磨いていた。（そのころは夜ごとの空襲のため、電灯にはいつも黒い布がかけられていた）窓辺でビーカーに入れた石を月の光に透かしている母の姿を、私はしばしば見た。そんなとき母はみしらぬ人のようだった。

母の留守にひそかに茶簞笥をあけてみると、昼の光のもとで、石は、ただのうす茶色の瓦礫か化石のように見えた。（母が年老いてからのことだが、私はそれらの小石をひそかに捨てにいった。だが母はもうそのことについて何もいわなかった）

母の若いころ、まだ月の光は結晶することがあったのだろうか。母がその石を通して見たもうひとつの世界は母の死と共に滅びたのだろうか。……だが草色や琥珀色の光、桜色の艶をもつあの石の記憶を通して、今私の上にもうひとつの世界の影がさしてくるのはなぜだろう。なまなましい憶い出のように。

たとえばあれらの小石と共に、ある日箪笥の中に偶然みつけた母の秘密もその一つだ…。そのころはひっそりと〈月のもの〉とよばれていた女の生理のための品物が小引出しにしまわれていて、子どもの私はそれを手にして、しげしげと眺めながら、柔らかいおおきな闇にはじめて触れたのだった。それは夕顔の花弁に潜むうす闇だった。

母の死後、鏡台の引出しの隅からいびつな小石のかけらが一つみつかったとき、私はその色あせた月光石を紙にくるんで、茶箪笥の奥にふたたび押し込んだ。母がしまい込んでいた子どもたちの臍の緒の入った小箱や、黒い手袋の片方などとともに、月の石も記憶の底へと埋めるつもりだった。

だが月の石が、しばしば夢のなかに現れるようになったのはその頃からだ。まやかしに似て、しかも胸を騒がせる何かが、月の石の周辺に隠されていた。欠け落ちた記憶の断片が、雲母のように散らばり大気のなかに濃く結晶したがっていた。残された夢のつづきのように。(…暗い電燈のもとでだれかがまだ月の石のかけらを手探りしている…)

…そして私も、かすかに光るその小石たちの影を探すには、明かりを消さなければならなかった。

詩集『クジラの耳かき』（二〇〇三年）抄

春の…

…台所で　ひとり
野菜を煮ていたら
「ねえ　味見をさせてくれない?」
肩越しにふりかえると
灰色の大きな熊が
ねむそうに目をこすっている
そこで　つい
「あ、冬眠はすんだの?」って

＊

百年分の事件が
ふいに起きてしまうのは
こんな朝だ

春分

刻みキャベツと
あじフライと
かきたまスープつきの
ランチタイム

黄道の下
円いテーブルに
ソースびんが一本
光っている…平穏

＊

昼から夜へ

天体が傾くことの
驚きもなくて

たんぽぽの野を
マンモスが一頭
みしみしと横切っている

問い

だれ？
二分咲きの桜の下で
ピッコロを吹くのは
（………）

だれ？
五分咲きの桜の下で
クラリネットを吹くのは
（…………）

だれ？　だれ？
満開の桜の下で
シンバルを打つのは？
（……………）

だれ？　ねえ　だれ？
花吹雪にまぎれて
行方をくらましたのは
（……………）

五月

こぼれ種のカモミールに

花のふたつ　みっつ
ひっくりかえった
テーブルの脚に
テントウムシが一匹

メイストームが駆けぬけた
ルーフバルコニーの朝は…

破れかけた
まっしろい翼がいちまい
足もとに落ちていて

天使がひとり
間近な空を
漂流しています

ある日

影通りにある家で
午後おそく
ミルクティーを飲んでいたら

影猫が一匹やってきて
夕日の傘をつぼめながら
わたしにささやいた
「ねえ　台所が火事ですよ…」

それから　彼は
きなくさいしっぽをたたみ…
ゆっくりと熱いお茶をたのしんだ
わたしの台所が燃えつきるまで

西空

海の底に　沈んだ町で
魚がつつく
食卓のワインのグラス
海の底に　沈んだ町で
魚がのぞく
鏡のなかの　赤い海面
海の底に　沈んだ町で
魚が鳴らす
きれぎれの　夜のサイレン
海の底に　沈んだ町で
魚がのぼる
空への長いなわばしご

杏の木

小さな庭の
大きな日暮れのまんなかで
杏の木は空を見ていた

三月　町なかへ移されて
四月　うす紅の花をひらき
五月　初めての青い実をつけ
六月　夕焼けのなかで色づいて
七月　七つの実をのこし
八月　日照りにうなだれて
九月　西風に倒された

小さな庭の
明るいキチンの片すみで
七つの実はジャムになった
水けを含んだ日暮れ色の…

秋の病気

祭りはすんで
一族は去り
丘の上は
空ばかり

夕暮れのまんなかに
ひとり残され
病んで

熱のある老女が
カラスになって空を飛んでいる

(どこにある?
つめたい井戸水…
錫のコップ…
三時に鳴いた鳩時計…
どこに行けば帰り途?)

赤いホオズキのかたちして
雲が西へ沈んでいくと
黒ずんだ馬の群れが
風を立てて駆けてくる

(あ〜ああ〜)
カラスの羽音が遠ざかると
(ああ〜ああ〜ああ)

天にひとすじ虫食いの跡が残され…
死んだいとこたちが
枕もとで　一晩じゅう
井戸水をぎいぎい汲みあげている

つるべの底は
満天の星だ

井戸

おばあさんの
耳の底には
深い井戸があって
ひとの寝しずまるころ
ひそかに水を汲む音がします

（あ　今夜も
うさぎがやってきて
ピンクのふくらはぎを
洗っている…）

ぬれた花びらのような
うさぎの足跡は
おばあさんの夢の外にまで
はるばると続いていて…
そこは…明るい月夜です

なくしもの

帰り途で
少女が

なくしたのは
みどりの靴だったけど

どうしても
みつからない
片一方を
さがしながら
さがしながら
月の丘で
迷子になって…
とうとう
四羽の蛾の馬車に
魂までもさらわれたって

ほら!
空に
きらきら
鱗粉のわだちがのこっている

うさぎじるしの夜

不眠症の
おんなともだちから
長いでんわがあって
子細をきいている…
…話の途中で
三日月うさぎが
うさぎ跳びして
でんわせんをよこぎる気配
(うるさいので)
鎌を手にして
からまりあった
暗いやぶから　やぶへと

念を凝らして
見えかくれするうさぎいっぴき
とらえにいく
満月の夜ではおそすぎる
三日月ほどの
まだ青くさいうさぎがいい
（ねむれない夜には
　三日月うさぎがよく効きます）
と、封をして
おんなともだちに
宅急便で送るのだ
《試してみてはどう？
　うさぎのスープ　うさぎ麺
　うさぎの湿布　うさぎ酒
　うさぎまくら　うさぎゆめ……》
などと　レシピはつけないで

ひとばんじゅう
やぶに足をとられながら
うさぎじるしを
追っかけている　わたし
の　かたわらで
月はだんだん　ふくらんでゆき
おんなともだちは
もう寝ている……（かな）

かいだん

かいだんの家に
住んでいた
まじめな一家

こどもは

かいだんの下に
毎夜天の川をこぼし

おとうさんは
かいだんの途中で
きのみきのまま立ち往生

かいだんの裏では
三日月竜が
いびきをかいていて

おじいさんは
かいだんの上で
位牌になった

かいだんをのぼったきり
鳥になったのは
おばあさん？

＊

いまは　空き家の
よなかの　かいだん
ながい　ながい　かいだん

巻き貝のおとこ

埋立地で　貝をみつけた
空き家かな…とノックすると
うたごえがきこえてきた
らせん階段のおくの暗がりから
《この身は半ば　海に浸かり
塩辛き石になれど
わが夢の　薄き羽衣は……》

唄の途中で　その貝がらを
海の方へ…
思いっきり遠く放ったら

豆粒のおとこが跳びだして
空の方へ…
消えていった　きらきらと
唄のこだまを　ひとつ残して

一期一会

クジラ釣り男
西の岬のはてに住む
夜ごとホオズキほどの家に

明かりを灯し
西の窓から釣り糸垂らす
（これがあっしのなりわいでさあ）

五年、十年…百年待って
ようやく釣ったはオオクジラ
（もしやこいつはシロナガス？）
お椀に水張り　クジラを入れて
（煮ようか、焼こうか、稼ごうか）

クジラ　そのとき潮吹いて
「おいらをペットにしておくれ」

「むむ…妙案だ。ならば、お前は放し飼い」
男はクジラを窓からポイ…
それから、なかよく暮らしたって

ネコの日

「迷って　こんなとこへ来た…」
という顔をして
ネコたちが
街のあちこちに
うずくまっている
毛のぬけたのや
年とったのは
半ば目を閉じて
ちぎれ雲のように
風のかたわらに
ひっそりすわっている

人参色のポストのわきに
ネコのかたちから
あいまいに
はみ出しかけたまま
背中をなめている黒いのもいて…
そんなポストの口へ落とした手紙は
明日どこの星へ着くのだろう

(何万光年もむこうの空では
　水素やヘリウムが燃え
　星が死に　また星が生まれている)

「ネコだって　ヒトだって
あの星と同じ元素から」と
上目づかいのネコもいて…
そんな日には　わたしも
ネコたちといっしょに
この星の一部になって

物質のままにあるいている

街

年のうちに
もういちど
会いたいひとがいて…
そのひとの名を思い出せない

草に似たそのひとの
けむる所在をさがして
あてもない
街のたびびとになる

カラスが一羽
破風から
飛び立つ気配がして

大きな日没が
ゆきかうひとの
背中を押している
ふりむくなふりむくなと

電話

〝もしもし　元気ですか
今日　アネモネの匂いを…
一日分ですが　冷凍して
宅急便で送りましたよ〟

〝え？　ありがとう
こちらは　雪猫を…

一匹分ですが　よく干して
お返しに送りましょう〟*

＊

ふたりの通話が
ときどき　遠ざかるのは
ふたつの街のあいだを
吹雪が駆けぬけていくせい？

影

一日中
雪は降りやまず
時計は故障していた
世界は沈黙し
人類がたどりつく以前の
ひとつの星のままだった

見えない空の底では
かすかに鐘の音が鳴りひびいていて

＊

その夜
雪明かりの窓からわたしは見た
巨人がひとり
暗い坂道を下りていくのを

風が中空に
その髪を吹きあげ
肩にのせた深い壺のなかへ
なおも雪は降りつづけていた

手紙

—クジラの耳かきに—

ゆうべわたしは、引き出しの奥で古い一枚の絵葉書をみつけました。それは風に乗って届いた便りでした。《昨日、N町でクジラの耳かきをみつけました*》と…あなたの歌うような文字で。

その夜、海は私の夢のなかで暗く凪いでいました。海沿いの途を、あなたはクジラの耳かき（それは巨きなスプーンのようにも、空から落ちた三日月のようにも見えましたが）を背に、南への途をうろうろと歩いていきます。空には月が無く、沖の方をおおきな耳をした一頭のクジラが通り抜けていきました。

クジラの耳の底で星の光が揺れていました。クジラの鼓動とひとつになってチカチカと光っていました。あなたの吹くオカリナの一節も、死者のつぶやきも、麦の穂のざわめきも何もかも、混沌のまま、そこでひとつの星になって透き通っていました。それは《宇宙の音》でした。宇宙はクジラの耳のなかで鳴り響く音楽でした。

クジラの耳かきとはなんでしょうか。だれかの落とし物でしょうか、それとも忘れ物でしょうか。今ではもう何のために在ったのか、だれも知らない奇妙なものが、けれど何故かうつくしいものが、世界のあちこちにあって…あなたはいつもその近くを歩いているのですね。私はいつか《巨人の臼歯》を見たことがあります。それはただの土くれのようですが、ほんとうは、人類になりそこねて太古に滅んだヒト属の痕跡なのでした。

この世界はかって途方もなく賑やかな星だったのでしょう。そしてあなたの背負っているクジラの耳かきは、そんな遠い祭りの日のかたみなのでしょうか。今ではだれにも憶い出せない痕跡ばかり、無数に散らばっている隠し絵のようなこの世界…そのどこかを今日もあなたは一人で歩いていますか。いつか海辺の岩から古代の笛の音色を取り出したあなたは…。

またお便りを下さい。年老いたクジラの聴く《宇宙の音》の記憶を…隕石の遠いこだまを、マリンスノウの無言のざわめきを、そしてひとすじの笛の音色を…私にふたたび運んでくれる、そんなあなたの便りを。

＊オカリナ奏者日嘉まり子さんからの便り。

詩集『ユニコーンの夜に』（二〇一〇年）抄

I

氾濫する馬

そこはじめじめした春の地帯だ
地面から馬たちが生まれてくる
ふつふつと　まくわ瓜が実るように。
かれらがたてがみをゆらすときの
かげろうのようなそのうごき…
わたしの夢の中に入り込み
そのすみずみを通りぬけてゆくときの
ふいごのような生きものの気配…
（夢のかたすみに　まぎれて
辛いタデ科の草になる馬もあって）
春が押し寄せるときはそんなものだと
わたしは思っていたけれど。
（寝返りしながら
夢の半ばを移動している　わたしの
片一方の目には
見知らぬ空き家の灯が映り
片一方の目には　ベッドわきで
燃えつきていく蠟燭の火が
ゆれているのだが）。
そこいらじゅうから
草の匂いが立ちのぼってくる窓辺で
たよりなげに
ちいさな馬もいなないているのだ
（あれに…水をやったかしら）
と、わたしは不安だ。
やわらかな樹皮に似た…毛並みの感触、

馬たちのやってくる…その来かたの唐突さ。
大地が毛皮のように波立ってくる…
春の夢には
馬たちの乱れた足あとがつづいている
二度と帰っては来ない　馬たちの

馬のたまご

雨の日のかえりみち
通りかかった家がなつかしくて
わたしはひさしの下に
傘をかたむけて　埋めてきた
《馬のたまごを一個》だけ

二億年も　隔たって
その家をのぞいたら

（太陽の黒点がしきりに爆発する冬だったけど）
さかなの顔をした男が
母系のはなしをしていたよ

隅のテーブルに
月球儀がおかれていて
羊水のように
《静かの海》が光っていてね
そのうすあかい水たまりが
ひとしずく　ひとしずく
ふたりの背後に落下している…

そのとき　窓の外を
通り抜けていくものがあってね
それが大きな黒毛の馬だったのか
（なにかちがうものの影だったのか…）
はっきりしないまま

そのあたりは
ただ砂のようにしんとして
空には薄いガラスが張り詰めていたんだ

雨のモクマオウ

モクマオウの木の上を雲が流れている。私は折りたたんだ白い布の包みを肩にして、梢へとつづく湿った階段をのぼっていた。足もとで楽器を奏するものがいた。それは南の島のものがなしい音階のようだった。打ち寄せてくる波がモクマオウの木の根もとを洗っている。

モクマオウの木は水底に沈みかけていた。水面に梢がゆれている。梢は雨に打たれながら空を見上げている。（サパニ、チペニ、ピオーニ…）木はふしぎな声でつぶやいていた。風が木のたてがみをしずかにゆさぶっている。

（沈んでいくモクマオウよ　何を思っているの）
栗毛の木はみぶるいして　灰色の目をみひらいた。溺れていく一頭の馬の目だった。（ああ雨ってけむたいねえ…まつげまで濡れてきたよ）…その声はいつかみた夢のこだまのようにきこえた。

肩にした荷の重さは薄れてゆき、床にノートのおぼろな厚みが置かれている。（ゆめみるまだらのうまのたまご）（ははうまは…潮のにおい）私の指がもどかしく頁をめくっている。どこかにあるまだらのたまごをさがして…。だがノートは、めくるにつれて少しずつ消えていった。

＊

何年か後、私はモクマオウの木に、旅先で出会った。木はやわらかな身ぶりで、南の大気にその身を煙らせていた。私は木陰で松かさに似た小さな木の実をみつけた。それはあの夢のなかへ沈んだ馬が、私のために地上に残した一粒の（馬のたまご）だった。

夏時刻

夏のいちにち
森の周辺をさまよっていると
おばあさんが切り株にこしかけ
青葱いろの髪を束ねたまま
うっすらと少女になりかけている
（夏がゆるやかに胸をひらいて
　その衿もとにわたしを呼んでいるのだ）
大気には
ちらちらと青いしみが揺れ
草の踏みしだかれた匂いがする
見なれないものたちが
あたりを大股に歩いているのだ
（植物たちの夢が
　かぐわしい液体となって
　地下の古層から滲み出てくる）
マメコガネ、カマキリ、カミキリムシなど
おおきな夏の肉体に
たえまなく出入りしている
かれらのささやく羽音は
生きものたちのとぎれない夢のようだ
（だが…わたしはふたたび
　ここに帰ってくることはないのだ）
（たとえ…輪廻転生があったとしても？）

自問自答するわたしに
青葱いろの大気の底から
「なら…あたしを食べて」という声がする
ふりかえると　少女は
ひざのあたりまでつゆに濡れて
秋のきのこになりかけている

西のうわさ（I）

西の空が赤く燃えると
あそこで女家主が病むという

年老いた蓬髪の師が
こわれた分度器を抱えて
井戸の周囲をめぐっているとも

女家主は　一日中
千年の蝦蟇のすがたで
水底にすわりこみ
うたいながら
生殖していたと

巨大なキャベツをうみ
ウマの異族をうみ
ニンジンクラゲをうみ
キノコマイマイをうみ
気体の虹あぶをうみ
烏帽子をかぶった虫のおとこをうみ
死人をうんで
火をうんで

薔薇のようにはじけて
ひとりっきりで

火傷をしたと
むしの息だと
西の方から
たった今とどいたうわさ

「だれがいった?」
「ちっちゃな烏帽子を
　この耳のそばに転がして
　さっき走りぬけたものが…」

西のうわさ(Ⅱ)

西の方から伝言がきた。女家主があぶないのだという。使いのものは烏帽子をかぶった虫のおとこだ。おとこはからだじゅうの節ぶしを折り曲げて森の家の話をする。死者たちの出入りするあの森の話を。声は蚊の羽音に似て近づいたり遠ざかったりしながら、わたしの耳に昼夜つきまとう。

西では山火事がつづいている。家主の犬が燃え、家主のベッドが燃え、家主の眉毛にも燃え移っている。西の方から生木の裂ける音が夜ごとひびいてくるだろう? 虫のおとこはそういうと、ふところからラッパを取り出して吹いた。テントウ虫の大群がわたしの耳のなかを群れ飛んだ。

「家主は生んで…生んで…むしのいき」と虫のおとこはながい眉をひそめた。おとこは巨大なキャベツを肩からおろした。それは赤ん坊の頭に似ていた。「家主が生んだゆうべのキャベツ」とおとこはいった。(わたしは台所のすみに置き忘れたきなくさいキャベツのことを思い出した)そのうすぐらい芯の付近で泡粒のような虫たちが息をひそめていた。

女家主は年齢不詳だ。昨夜、彼女は老いさらばえて見えたが、今朝はみどりの髪を束ねた若い女に見える。そして今夜にはあどけない目をみひらいた幼女であるかもしれない。あるいは広い腰をもつ中年の女かも…。（だれもうわさのなかでしかその女家主をみたことがない）

うわさを運ぶのは、あるときは春先の虫のおとこであり、あるときは秋の胞子のおとこであり、あるときは夏に来る雨粒の男だ…。かれらは足音を立てずにおぼろな夢の境界を風のように通り過ぎる。ひとからひとへ…。

（わたしのねむたいからだの奥で、西の家主がしきりに生殖している気配がした。家主は釣り上げられた無用な大魚のようにそこに横たわっていた。目がなかった。だが腹は西空のように熱く染まって、ぶつぶつとつぶやくように暗い星を吐き出していた。それはあてのないひとりごとのようでもあった。）

虫のおとこが行ってしまったのはいつだろう。目覚めると枕のそばに縞の烏帽子が落ちていた。節ぶしを折り曲げて語った虫のおとこの声がわたしの耳を明け方の火事のように熱くしていた。

アンリ・ルソーの森

季節はずれの大雨でライオンも蛇も鳥たちもびっしょりぬれています。画筆をにぎったアンリ・ルソーも、彼の見る夢もびしょぬれです。（森は漂

流しています）

森のどこかには今でもたった一つの洗濯場があって　伝説の山から風が吹き下ろすことがあれば天衣の少女たちが駆けてきて　地上のなにもかもを真っ青に干し上げてくれるのですが。

長い夜です。絶滅した熱帯植物のつるにぶら下がった果実が人知れず森の奥で熟してゆき　褐色の果皮の裂け目に雨水のしみこむ音がきこえてきます。無数の暗い種子が内部から膨らんでくるのです。止めることのできない力が　底意のある千のまぶたを押し開こうとしています。

（もし晴れた月の夜ならば　裸の女たちが乳房を半ば透き通らせて　消えた星をひとつまたひとつと数えていたり　列車がふいに車輪をひびかせて森を通過していったり　杏色の窓によりかかったひとりの点灯夫が女たちの目に月のあかりをともしたり…森は野放図な祭りなのですが）

雨は降り続いています。森の奥でヤドヴィガ[*]が身じろぎします。森は熟れ過ぎた果実です。朱色の果肉の迷路に一匹の虫がひそんでいます。ヤドヴィガは褐色の髪の束から雨のしずくを垂らし　ライオンは放心し　森は降りしきる雨の底を流れています。

＊　ヤドヴィガ＝アンリ・ルソーの画の女性。

Ⅱ

月蝕の客

月蝕の夜　男ともだちがドアをノックした。ひたいに一本角を生やしていた。「なにしろ月が欠けはじめているので」という。東の空では古びた暖炉のような月が煤におおわれて欠けはじめていた。彼は今夜もユニコーンの背に乗ってやってきたのだ。いつものように月の谷を渡って。

窓ぎわの七つの羊歯の鉢を越えて、薄い月の光が入ってきた。部屋のあちこちで、こわれたもの、欠け落ちたもの、古いがらくたなどがキラキラと光りはじめた。それは祝祭のようだった。小さな星とそれより少し大きな星の軌道が傾いて出会ったみじかい夜だった。今、この星の影が三十八万キロの距離をこえてもうひとつの星にとどいている証しの夜だった。わたしたちはバルコニーに並んで、人が人と出会うまでの宇宙的な距離のことを想った。

室内はほの暗いつぶやきで満たされていた。たとえば貝がら、土器のかけら、手袋の片一方、死んだ犬の首輪…などのつぶやきだった。それは身元不明の溺死者、打ち棄てられた港のドック、廃線のレール…などの声を思い出させた。かれらはみんな今夜の月のようにひっそりと凹んだかたちをして、失われた記憶を満たしてくれるなにかを待っていた。わたしたちは欠けた月の下で、ともにひとすじの川をさかのぼりながら、かれらの記憶を遠くたずねる旅をした。

それからわたしたちは（決して知ることのないだろうはるか未来で）欠如をかかえてこの星に生きるものたちのことを話した。（それは異星からくる鳥めいた種族かもしれない）。「だが、かれらもやっぱりうつくしい存在なのだ」と一本角の男ともだちがいった。「この青いガラスのかけらとおなじにね」とわたしはいった。この星が粘菌類やウミウシや一角サイをのせて巡ってきた天空のながい闇をわたしは思い浮かべた。

見上げると月はほとんど丸くなって中天をきちょうめんに移動している。室内のものたちも元通り整列しはじめていた。（いつもの順で、いつもの位置に）。窓の外にユニコーンの影が待っていた…。そして月が彼の帰り道をくっきり照らしていた。

メアリー・ポピンズの傘

青空でできた
透明な細胞をひとつなくした
きりっと冷えたコップの水のように
空の漏斗から滴り落ちてくる記憶
その青いしずくが…
ゼリーの一滴のように震えている
そのひと匙をすくいとりたい
（わたしのなかの井戸のために）

少しずつ蒸発していく街並み
長すぎる夏
忘れかけた夢の後を追って
公園のみえない入り口をさがす

物語の頁をめくるように。
（メアリー・ポピンズのいない街）
日傘だけが一本落ちている
砂場に子どもたちの影がのびている

せめてもう一日早く
（旅にでも出たらよかった）
昨日の靴などはいて
胡麻の匂う野菜を少し持って…
曇天の留守宅に
本棚の隅のアメフラシや
ひらいたままの植物図鑑なんか
そんなものが
ひとりでにふえていくだろう
（…かまわない）
青い空の水分をふくんだ
細胞が　またひとつ
蒸発していく気配…

夢のなかをもう一度くぐりぬけて
戻っては行けないか
いつか、ちいさな水いろのしおりを
はさんでおいた明け方まで

みずまわり

家のなかの
水分の多いところを
みずまわりとよぶ
（みずのまわりみち？）
だいどころや
せんめんじょ
それから風呂場など

みずまわりに
ときおり
一頭のうまがやってくる
ある日はたてがみで
ある日はしっぽで
ある日はみずをのむ音だけで　くる

「うまはみずが好き」
なので　とても
遠いところからくる
アカンサスの茎を分けてくる
モンゴルから
あらびあ半島から
こんどうひさやの「朝」からも　くる*

うまのくる日は
風の匂いでわかる
みずまわりに　わたしは
ぴったり身をよせて
うまののどの音をきく
うまのからだを降りてくる
つめたい奔流の音をきく

うまは古い大陸のかたちをして
雲のように渇いて　くる
うまのくる日には
詩など読まない
みずしぶきにぬれて
草の穂のまま
揺れている

* 近藤久也詩集『伝言』より

鳥を捕るひと

銀河鉄道に乗りこんできた*
鳥捕りのおとこは
捕獲したばかりの
サギや雁たちの荷をほどき
あの世へゆく客たちに振る舞った
ペキペキと折られた
押し葉のような鳥の脚を
おそるおそる口のなかへ入れるたび
子どもたちの舌の上で
それはほんのりと
甘く　溶けていった…
（ものがたりのその時間に
　いくたびも戻って来られるように

　私はその頁に折り目をつける）
だが鳥捕りの
それからの行方はわからない
列車は今も茫々と
天の河原を回りつづけ
折々サギたちの声がするばかり
（鳥捕りは一介の商人だったが）
けれども
くりかえし　くりかえし
車輪の回る音が
にぶくつづくだけの真昼
夢の片すみで
うすももいろの糖菓子を
ひっそりかじっている子どもがいて
そんなとき　私は
（どこまでもどこまでもいっしょに）
その汽車に乗っていきたくなる

＊　宮沢賢治「銀河鉄道の夜」より

なぜ

ちいさな言葉のはしきれが
どこかに
こぼれ落ちているが
その場所が見あたらない
夜明け前の暗さのなか
出来事だけが
ゆめのなかでのように
通り過ぎる
…さっき傘をさして
黄色い花の森をさまよっていた
あのうしろすがたはだれ…

読み残したものがたりが
どこかでまだ続いているらしい
枕もとで
羊歯色の表紙が
夜ごとめくられていくのも
そのせいだ
電車の棚に置き忘れた
赤い傘の上に
雨が降りしきるのも
そのせいだ
…いつだったか
あの傘を
太陽のように
くるくる回していたのはだれ…
もうひらかれることのない
傘の骨が
網棚できしんでいる

遠ざかるプラットホームで
くろい犬が鼻をあげ
どこまでも…わたしを
追ってくる日々

えだまめ

えだまめのさやを
ひとさやずつ
摘みながら
鍋のなかに落としていくとき
わたしの手から
無心にこぼれおちていく
もうひとつの
かたちのないさやたち…

さやたちの影の時間は
しんかんと
手からすべり落ちつづけ
ふとなにかの気配に
ふりむいてみても
そこには一種の永遠に似た
しずけさがあるだけ
わたしはもう　どこにもいない
素性のわからないままに
こうして過ぎていく
わたしのいちにちを
追いかけるものもいない
深い鍋の底に
あわあわと落ちつづける
えだまめのうすみどりの影だけ

III

帰還するもの
――井上直さんの絵に寄せて

一冊の画集のなかに
晴天の一日をさがして
日々の外側へと…
頁をめくる。

そんな日には
死んだ犬を一匹連れて
西の方へとあるいてゆく。
乗りすてられた自転車の
鉱石のように

冷えた車輪…を
きりきりと廻して。
ひとすじの川沿いに
みなれない黒雲になって。
追いかけてくる影の足音に
また驚いて
どこまでもゆく。

暮れかけた空の奥から
たましいたちが
なつかしく
呼び合いながら
鳥たちのすがたで
帰還してくる…まで。

五月

部屋の窓から見下ろすと
みずきの花々の仄白い群れが
端の方から色あせて
うすみどりを帯びた淡い黄の色へと
移りかけている

丘をのぼりながら
空の高みへだんだん遠ざかっていく
ひつじたちの群れのようだ

春から夏のさかりへと　こうして
見えないものが移っていくとき
しきりにわたしを呼んでいる声があるのに
それがきこえないのは
なぜだろう

今、とてもおおきなものが
すこし物思いに沈みながら
立ち去っていく気配がする
みずきの木の根もとで
夢をみている一頭のけもののやわらかな耳に
そっと手を触れて

草の兄に

呼びたいのは
ほんとうの草のなまえ
すずらん
すいかずら

しろつめくさ…
お兄さん
あなたはあのころ
草ぐさや　木になる実のことを
水の…響きで呼びましたね
（それぞれの葉脈を往き来する水の…）
たとえ毒ある草といわれるものも
とおい惑星のことばのように
あなたのくちびるが
低くその名を響かせると
わたしのてのひらは
そのたびに
なつかしい水の重さに
しなりながら
見たことのない星に呼ばれました
お兄さん
あなたはいま

どのあたりの橋をわたっていますか
あなたが
この地上に名を置いて
ひとり去ってから
どれだけの春が過ぎたでしょう
わたしの胸の水槽は
いまも波紋をひろげています
いつか見知らぬ惑星にやってくる
もうひとつの
春のために
その春を待ちわびる
あなたの草たちのために

風の音

――詩人Kさんを偲んで――

もう秋も近いのか
胸の片すみを風が吹きぬけていく
風の音をききながら
いちにち　麺をゆで　メールをよみ
日暮れ、西に住む縁者にあてもなく電話する
（かれらには隠れ家があって
　この季節、その辺りに月が沈むのだ）
だが…今夜は呼んでも留守らしい

深夜、胸のどこかに
ぽつんと明かりがともり…
風にさそわれるまま

西へのほそみちを降りていく
するとほの暗い秋のまんなかに
ぽっかり青くそよいでいる茗荷畑…
その向うはいちめんに
「腰までもある団扇のような植物たち」だ*
（あれは茗荷の遠縁の一族か）
いとしげにかれらに水遣りするひとがいて
それは東洋からきた女の詩人だ
葉っぱたちはしきりに
「きゅう」と甘えた声でなく*
……そこはもう誰のものでもない
おおきな夢のなかのいちにち…
暮れるともない永遠の夏のいちにち、
詩人自身の深い夢の一部なのだ

団扇の一族に別れを告げ
踵をかえすと　夢の外は秋風だ

風のすきまからさびしい植物たちの声がする
（ああ、月が沈むまえに　もう一度
西に電話してみようか
留守電でもいい…残された声をききたい）

＊　木川陽子「茗荷畑の事件」より

Dという街

——亡きM・Kに——

あなたからその街への旅についてきいたのはいつのことだったか。その街のパブで〈S〉*や〈J〉*という有名な作家たちの名の後に、自分の名も連ねてきたと、やや照れながら語ってくれたのは。あの秋、横浜の港に近いホテルのバーで、あなたはDというその街の静寂さと猥雑さを、もう一度飲み干すようにモルトのグラスをあけた。（あなたの背後に口にしないもう一つの街が影を落としていることに私は気づかなかった）

その後も、あなたは渇いたように西の街々を旅して、折にふれ便りをよこした。陽気で、うさんくさい男や女たちが、点描のように絵葉書の裏面をざわめかせていた。あるときは詐欺師、あるときは王族の末裔、あるときはハーフの少女や詩人だった。（一つの遊星が楕円をえがいて回りながら、ときに小さな火花を上げて、何年も私の傍らを通過していたのだ）……それからあなたは、ふいに遠い街の喧騒の四つ辻を渡ってどこかへ行ってしまった。それからもう便りはない。

ある日テレビにDという街が映った。その街ではひとびとが神話のなかから現れ、また神話のなかへ帰っていった。そのとき私は、あなたのあの特徴のある後ろ姿が群集にまぎれて町角をまがっていくのをみた。少し左の肩を落として…。一匹の蝶が窓をよぎるように。一羽の鳥が視界を去るように。

いまもどこかにあるDという街。あなたを見失った今、私にはもうそこへたどり着くすべがない。だがいつか、たとえば千年の先、私はひとりの旅人になってDを訪れる気がする。そして一軒のパブにふと立ち寄り、東方からきたというひとりの人の名をまじまじと見つめる気がする。そのとき無数の記憶のなかからたったひとつの記憶が泡のように浮かび上がって、理由もなく私を呼ぶだろう。それがDという街の在り方…そしてあなたと私の出会い方なのだ。

＊〈S〉＝サルトル　〈J〉＝ジェームズ・ジョイス

買い物日記

ジョン・ルイスのCDを買った。亡き友Nが愛していたジャズピアニスト。J・S・バッハの「プレリュードとフーガ一番」が流れ出す。ピアノからこぼれおちる透明なしずくの洗礼を受ける。

くりかえす音の洗礼の中からベンジャミンの樹が伸びてきた。かつてNや私がそうであったような緑の若木が…。縒り合わされたその二本の幹がしなやかな小枝を中空に伸ばしはじめた。

ベンジャミンの鉢植えにはひとつの空間が必要だった。私は空間をひとつ買った。空間には影が必要だった。影を招くには空が必要だった。私は窓をうがつため大工道具を一式買った。窓がもうひとつの時間を連れてきた。

もうひとつの時間の中を明暗がくりかえし通り過ぎていった。鳥のような影、魚のような影、死者たちの影。私は亡き友Nの影を呼んだ。だが振り向くのは魚や鳥の影ばかりだった。

私は一冊のスケッチブックを買った。去りゆくものを引き止めるため。(まぶたの裏でチチッと鳥が鳴いた)。私は靴を一足買った。消えてゆく足跡を追いかけるため。(するとどこかでピエロが唄った)。

私は食卓にランプを置いた。もう一皿分のスープをつくった。すると男がひとりやってきた。反省する男だった。一艘のボートについて、他国の鳩について、光る蛇口について、男は反省した。

男には夢が必要だった。私は枕を買った。ある枕には小鳥の熱い胸毛を詰め、ある枕にはピエロの涙を詰めた。だが男にはソバガラの枕が必要だった。不眠の男は日めくりを丹念に剝がして、いなくなった。

ピアノの音がつづいていた。遠ざかるNの靴音がきこえた。傘をさしていた。傘に落ちる雨粒とレインブーツの音がこだました。《最後の日々、Nはよく眠れただろうか…》と私はふいに思った。Nの後姿が少しゆれた。

ピアノの音が止んだ。風がベンジャミンの葉を揺らし、買い物日記の頁をめくった。

＊

塔

植物の群れが窓のすぐ近くまで迫っているのは不安だ。群生する野ぢしゃの匂いがきつすぎるせいかもしれない。朝の食卓で頂き物のみょうがの梅酢漬けに箸をのばす。すると不安な気分がいっそう強くなり、途中で席を立って屋根裏の寝室へ上がっていった。ゆうべの夢のなかへ戻るように。

家は丘の斜面に立てられていた。裏口を出てすぐ深いみどりの苔に覆われた石段を降りていくと、そこはもう大伯母の屋敷だった。彼女は年齢不詳、実はとうに百歳をこえているらしかった。不眠の夜、孤独な大伯母の曲がりくねった杖の先がこつこつと石段をのぼってくる音を私はいくたびもきいた。

部屋の窓は小さかった。草はらの向こうを若い男が馬で駆けている。まぶたの裏で鳩が舞い上がる。鳩たちは灰色の塵のように視野を覆い、いくあてもなくただ空に円を描いている。戦争が終わってどのくらいたっただろう。死んだ兄たちはどこへいったのか。少女の私に、生についての不可知論を語り、哲学を語り、国体を語ったあの兄たちは。そして左手に一冊のメルヘンを永遠のように抱え込んで、薄暮の草はらにラプンツェルの塔をさがしにいった少女は。

杖をついた老女が腰を曲げて滑る石段を降りていく。色あせたはしばみ色の頭巾を目深にかぶっている。抱きしめた腕のなかからうたごえのように飛び去った思い出…の行方をさがしているのか　それとも不老長寿の薬草をさがしにいくのか…だれも気にかけたりはしない。

《僕らは建てた、砂の上に。やがて滅びる大伽藍を…》* その一行が風のように部屋の窓を打つ。それは兄たちがよく口にした言葉だった。あの野生の娘を閉じ込めたラプンツェルの塔は、まだ野の果てに影絵のように立っている。老女の杖の音が耳のなかをひっそり通り過ぎていく。

＊　アンドレ・ジイドの作品の一節

未刊詩篇

死んだ犬に

ペル、おまえを埋めた土の上に
今年はじめての霜がおりた
わたしの　好きだった　白い犬…
おまえが死んだのは夏の夜明けだった
おまえは空をなくし　林をなくし
林に鳴る風の匂いをなくし
わたしは暑い草いきれの匂いをたてる
おまえのしなやかな毛並みをなくし
おまえと見るすべての空をなくした

（おまえをはてしない今日に閉じ込め

わたしの昨日を…明日へと
風化させてゆくものは何)

風はわたしのなかの夏をふるい落とし
むき出された木の幹を洗い
おまえの骨をますます白くさらして
見えない空へ吹きあげる

空はこうして
日ましに自分の色をとり戻す
おまえの駆けぬけた時間のむこう
おまえの見失った冬のなかで

喪われたクジラへ

ときどき私は思う
あなたは　今でもまだ
病んだからだを　波に乗せ
けんめいに　愛の歌を
うたいつづけているのではないかと

クジラよ
あなたの方向感覚を狂わせたのは何?
まるで溺死を怖れるかのように　あの日
あなたは海を逃れてやってきた
(そして私はあなたと出会った……)

私はあなたが好きだ
海の星屑の　貝やフジツボにいろどられて
闇からはぐれおちてきた
あなたという大きさが好きだ
ぬれたあなたの肌に耳を押しあてて
私は　はじめて

塩からい宇宙の鼓動に触れたのだもの
まぶしい空と砂のあいだで

（もしかして水生のサルである私は吹きすさぶ風に攪拌されて泡立った大気のミルクを太古のあなたと分け合ったのだ　乳兄妹として。あなたの脳髄の隅には緑の森が沈んでいて私の網膜には灰色の珊瑚虫の影がゆれている。でも私たちの命は分類されて　やがて魂は砂の上の二滴の血のように蒸発するだろう。決して融合することのないままに。）

けれどクジラよ　いつか
白く晒された二つの頭骨の間を
あの風のしぶきが　また吹き抜けていくとき
私たちはこの大地の上で
ただ一つの歌にもどれるだろうね

遠いクジラよ

冬の子ども

ゆき　ひょう　こおり
あられ　みぞれ　ひさめ…
ふゆのひかりを
しきりに吐息する
天体の薄い胸郭。

ゆっくりと上下する
その肋骨のはざまに生まれ
わたしたちのいのちは
天から降りてくる
いっぴきの凍魚を分けあうほどのみじかさ。

晴れた短夜に
透明な星のかたちしたその鱗を
いくたびも凪に舞わせて
他国をゆめみる。

わたしたち　冬のこども。
たがいに真の名を知らず
たましいのままの素直さで
地に低くならんでいる
夕焼けに染みて…

天青石のカラス

この世界がまだコバルト色の
鉱石のかけらだったころ
天をゆくのは
青いカラスの群ればかりだった
陽が当たるたび
尽きない空の夢のなかに
羽毛の金粉を飛ばして
カラスたちが群れ遊んでいたころ

わたしもまた一羽のカラスだった
黒い車輪がゆっくり回っている空で
わたしは日に三たび、大鴉の名を呼んだ
母なるものを呼ぶように

（それははるか始原の記憶だ…）

カラスたちはいま
閉めきったわたしの窓の外で
凍ったパンのかけらをつつきながら

近づく神の足音をきいている
天の青い石塀に一列にならんで

天青石＝ストロンチュウムの鉱物。美しい淡い青色のものが多い。

夜のキリン

風が窓をたたいて
ちいさな草原をなぎ倒すたび
キリンが飛び跳ねて
西日のなかを駆けていく

ハンカチほどの草原の
かたすみにあるこの家で
暖炉に火を起こして
夜のキリンの足音を聴く

斑入りのキリンや青いキリン…
夢を食う水棲キリン…たちなどの
“”“”“”“”“”“…
とてもしずかな会話がきこえない？

ね？

キリンは謎を解いたりしない
たかいところ
たとえば、空の途中なんかで
おいしい木の葉を味わうのが好き

不思議なものを目にしたら
立ちんぼのまま
首を廻して
その行方をじっと見送るだけ

※

ねむれない夜は
キリンになって立っている
いまは忘れてしまった星に住む
遠い伯母さんのことなど思い出すような
キリンの目をして立っている

早春記

「早春賦」がとても好きだといっていた人がいて　そんな日に一頭の馬がまぶしく生まれてくる　きらきらと産湯が跳ね　今日いちにちの星がしずかに濡れはじめる　春の水に身を浸してくろい土の底がくすぐったい匂いをもらす

太鼓の音を響かせながら　長靴をトンタントンと踏み鳴らして　盲目の小人たちが行進してくる　ふふ…とだれかが笑う　（だれ？　だれ？）（うん…）きっと春の記憶が大きなひとだね
胸のおくに西の卵をいくつも抱いて生まれてきたひとだね　親の名だってまっしろなままだろう

（それから永遠がいくつもうしろ向きに遠ざかった）

その日から　溶けてゆく雪のように生きた　だから哀しみも一頭の馬に似ている　ときに荒れる馬を引き連れて　風の岬へと向かう　砂のくずれる土地に腰をおろすと　もういない人のあしおとが海の耳の底を大またによぎっていく

砂の上にひとり数字を書きつけてみる

ネズの木の林

秋がくるまでにリンゴの匂いのするネズの木のありかをさがしたい　それは血まみれの骨が埋められた林のどこか　鳥たちが輪舞する暗がりのどこか　青銅色にたなびく朝焼けのどこか…にあるのだろうか　わたしはショールにくるまれた伯母のために　百年分の食事を用意して　月のない夜に家を出た

それから何年も過ぎた気がする　あるいは昨日のことだったかもしれない　素足で通り抜けてきた北の針葉樹の林　子どもたちが痛い星のように落下してくる晩夏の林　蜜柑のランタンが風にぼうぼうゆれている海鳴りの林　だが行っても行ってもネズの木の林はみつからなかった

始発の列車が耳の辺りを通り過ぎていく　窓には子どもたちが月色の氷柱のようにぎっしりならんでいる　みんな行く先は同じなのだろうか　胸に一羽ずつ鳥を抱いている…いや、鳥たちにひとりずつ抱かれていたのかもしれない…かれらははばたきながら北の空へオーロラのように薄れていく

目を閉じると　灰色のネズの木の根もとで　ショールにくるまった伯母がリンゴのジャムを煮ている　焼きたてのホットケーキに冷えたジャム…なによりあれが好きだったのは…どの子どもだったかしら…伯母は死んでもなお後ろ手に記憶の網を手繰り寄せているかにみえた

《おかあさんがぼくを殺して》…林の奥で唄う声
がした《おとうさんがぼくを食べた》*…それは風
のざわめきのようでもあった　老女の杓子が永遠
のようにジャムをかきまぜている…頭上には月の
ない深い空がある

＊　グリム童話「ネズの木の林」より

春一番、鯨塚へ

明け方の
ゆめの浅瀬で
みどりいろの鯨が潮を吹いていた日
春一番の風に逆らって
鯨の在り処を探しにいく
ひなびた私鉄の駅で降りて
あてずっぽうに海の匂いのする方へとあるく
光のこぼれるベンチの片隅に
犬とひとりの老女が寄り添っている
みちびかれて
小公園の一角にたどりつくと
鯨の頭に似た三角形の石の碑がある
寛政十年、品川沖に迷い込み
天王洲に追い込まれたセミクジラの碑だ
（鯨は漂着神として供養されてきた…）
畏れられ　花を供えられ
神は春近い陽だまりに溶けこみ
異界のねむりをねむっておられた
二百年余の時をこえて
神はいまどのあたりをさまよっておられる?
海は深い青の表面をよどませ
潮吹きの音も　波を切る音もきこえない
（問いもなく…）

（答えもなく…）
遊具のクジラの頭にもたれて
ゆっくり弁当を食べている人がいる
わたしも反対側にもたれてみる
クジラの頭がかすかに動いた気がする
船着き場にならんで
スケッチブックを
ひらいている人びとがいて
髪の毛がはげしく乱れている
風に身をやつしたひとりの鯨僧が
背後を通り抜けていったらしい

夜のマーマレード

（イエスタデイという曲、美しいメロディでしょう?もう戻らない昨日…。原発のニュースを見ていて、すごく「イエスタデイ」を意識しました。もう戻らない日々。心おきなく日の光を浴び、薫る風を胸いっぱいに吸って散歩した…あの日々。平凡な当たり前がもう戻らない…）

とげとげのながい尾をした恐竜がベッドの横にうずくまっている　起きようとすると半身が凍えている　溶けかけた冷凍魚のように　ばらまかれた豆の夜　そしてまた夜　はなびらが散っている　手提げ袋に入れる　入れても入れても袋からこぼれる　（ほころびは繕わないとね）という声がする

（昨日、明るいスイートピーと泡のようなカスミソウをたくさん花瓶に活けて食卓におきました。庭で咲いた水仙やヒアシンスも。いっぱい花を活けています。自分の心に明るいものを入れな

いと、しおれていきそうな日々なのです）

イエスタデイが追いかけてくる（イエスタデイって何だっけ？）イエスタデイが追いかけてくる足をひきずって追ってくる　イエスタデイは犬？ならば小屋をつくってやらないと　イエスタデイは小鳥？　ならば空へ放してやらないと　いいえイエスタデイは私の家族　ならばお墓に埋めてやらないと

（昨日、心を落ち着かせ、前を向くためにマーマレードをつくりました。不安なひとり暮らしの人たちにも分けてあげたいと。だれにも持ち場があるんですね。あなたはどうぞ今を見つめて書いてください。これほどの現実をちゃんと見きわめ、言葉に残しておかなくてはならないと思います）

犬が一匹歩いている。とぼとぼと。一面の瓦礫のなかを。人っ子一人見当たらない廃墟の町を。夕陽が犬の背に沈んでいく。長い影が鼻先に一筋のびていく。どこまでも。歩く犬とその影だけが…。そして、ふいに一枚の新聞がめくられるように、歩く犬は闇のなかへ呑まれていく。

（私はマーマレードをつくります。そしてこれから送ります。宅急便は動いているみたいですから…）

（２０１１年３月に）

おしらさま幻聴

遠野物語のなかに　斬られた馬の首につかまって

天へのぼった娘のことが出てくる。おしらさまの起源だという　その伝説は　桑の木に吊り下げられた馬のイメージの鮮烈さで　まぶたの裏にくっきり刻まれている。

地上には広々とした原野があったろう　頭上には明け方の空があてどなく広がっていただろう　村びとの声のない声があたりに響いていただろう

馬と娘はそれからどこへ消えたのか　私は都会の一隅に立つ病院の一室から　ビル群の上に広がる灰色の空を見上げる　切られた馬の首とそれにまたがる娘の行方は杳として分からない　だがかれらの空はいまもどこかに続いている。

街には　無数に積み重なる箱、箱、箱……　どの箱にも小さな窓が穿たれている　私は一つの箱の中から目を凝らし　天の一部を見つめている　どこからか近づいてくる馬と少女…またしてもどこからか近づいてくる馬と少女…その飛行によって切り裂かれていく虚空の音。その軌跡から一滴ずつしたたる生きものたちのしずく…。

大都会の片隅で病室の夜が更けていく　看護師の足音が長い廊下を近づいてくる。一部屋ずつ消灯を確認しながら　秒針のように巡ってくる。消灯は九時だ。こうして今日のすべての箱は片付けられる。そして暗い箱のなかでひとはそれぞれの馬の首を抱いてねむる。

エッセイ

クマおじさんの冬

今日は特別に寒い一日だった。北から寒波がやってきて、横浜のこの地にめずらしく、最低気温は零度に近かったとか。お日さまの光も薄く、日照時間も少ない今ごろ、私はいつもちょっとうつっぽくなる気がする。きっと脳に受ける光の作用のせいだろう。ヒトも冬眠できたらなあ、とこんなときには思う。冬眠！　ああ、クマになりたいと単純に思ったりする。だが…。

ここに、『ぼくは　くまのままで　いたかったのに……』（イエルク・シュタイナー文、イエルク・ミュラー画　ほるぷ出版）という絵本がある。表紙には洗面所でシャボンだらけになって髭を剃っている、サスペンダー姿のヒグマの絵。その背後に立つ看守みたいな男。何年か前、偶然本屋でこの変なクマの絵本に出くわしてつい買ってしまったのだ。クマというのは、子どもむけの本では、おっとりして愛嬌のある、だがどこか抜けた、ユーモアのある存在に描かれることが多い。（そもそも『くまのプーさん』からして…。）　やり手で、抜け目なく、切れる人柄？のクマにはあまり出会わない。（私はこのクマ的イメージにひかれていて、ヒトのオトコでも、このクマおじさんタイプにはつい口もとがゆるんでしまうのであるが）

さてしかしこの絵本のなかでこのクマおじさんが登場する舞台は気の毒にも、現代を生きる人間世界の怖いアナロジーとなっている。表紙裏の解説を引用してみよう。（森のおくに一匹のくまがおりました。木の葉がちり、がんが南へ飛んでいくころになると、くまは眠くなりました。）そこでクマは冬眠する。ところがその間に森には人間がやってきて、木を切り倒し大きな工場をたててしまう。冬眠からさめてあまりの変化にぽかんとしているクマに、職長がやってきて、「おい、とっとと仕事につけ」とどなりつける。（くまは、腰をぬかすほど驚いて「ぼくは、くまなんだけど…」といいますが、ききいれられず、うすぎたない、ひげもそらないなまけものにされ）ついにわけもわからないまま、工場に追いこまれて、タイムレコーダーにカードを入れ、やみくもに機械のボタンを押しつづける日々となる。そうしているうち自分がクマであるかどうかさえクマにもわからなくなっていく。

だが絵本には、その風刺性だけが突出せず、状況に巻き込まれて自分をなくしてゆくこのクマのこっけいな哀れさ、その孤独さが共感を呼ぶように描かれている。クマがクマであるという自己証明ができないまま、（髭も剃らないうすぎたない怠け者）にされてゆく場面、大まじめにずれてゆく《認識》の不条理とそのおかしさ、動物園のクマたちにも（ほんもののくまならおりのなかにいるはず…）と突き放されるこのクマの疎外感。これはもうカフカ的状況だ。しかしこのクマ、最終的には冬眠の季節が近づいて、クマの生理には勝てず、工場で眠りこけて、やっとくびになり、荷物をまとめてとぼとぼ雪の戸外へ歩きだす。凍える途で見つけたモーテルに泊めてもらおうとすると（くまはだめだ）と断られ、（じゃあぼくが　くまだと思うのかい？）と仰天、くびすを返してひとり森へと向かうのだ…。彼は自分がクマであることを再び思い出すだろうか？　ラストのシーンで雪のなかにうずくまる彼の姿は印象的だ。

もちろん熊という存在がアイデンティティを失うということはないだろう。だが、（…のままでいたかった）といえる意識を自明のこととしてもたないで地上にやってくる私たち人間は、やむを得ず連行されたこの世界というシステムのまんなかで、（これじゃない、これともちがう）と既製の価値観と自己という存在との違和をおぼえるたびに、お仕着せの衣を一枚一枚はがしていくように自分自身を手探りしていく。その過程で、たとえ冬眠する本能をもっていても、覚醒剤を飲んでがんばってしまうクマ、それが人間…かもしれない。（ヒトとは冬眠力を棄てたクマだもの）

私だって（…のままでいたい）とよく思いつつ、たえず工場のボタンを押しつづけている一匹のクマなのだ。

あるいは「ぼくはクマなんだ！」と叫ぶクマ仲間を疑り深い目で眺め、「クマなら囲いに入ってるか、サーカスの玉乗りでもしてる筈さ」といったりする鈍いクマなのだ。そして（…のままでいたい！）という世界中のクマ的存在を、私設の工場に追い立て、髭を剃らせ、ズボンをはかせて、タイムカードを押させる下手な職長の一人でもあるだろう。

（…のままでいる）こと。《存在》のままに沈黙していることは、きっとすてきなことなのだ。だが石のように、じっとただそこにいれば、《何》かがやって来て、石に名をつけ、その有用性を見つけ、比較し、値をつけ、売りに出したりしはじめる。世界でたったひとつの石でなければならない石。そう、かけがえのない自分という石。しんどいだろうな。石だって。

　雪がふりつもる世界を、クマおじさんは今日もとぼとぼ森を目指して歩いていく。彼は、いつか自分の穴にもどり冬眠できるだろうか、などと思うそんな寒く冷たい日。私はソファの上で、またこのおかしなクマおじさんの絵本をひらく。私のなかで、人知れず眠たそうに目をこすっているもう一匹のクマのために……。

「ペッパーランド」20号　二〇〇〇年四月

『フィオナの海』を読んで

先日、本屋の店頭でふと一冊の本に目がとまった。本の題は『フィオナの海』（集英社刊）という。

ちょうど上映中の映画の原作でもある。映画では、その舞台はアイルランドの小島、登場人物は少女とアザラシであることをきいていた。パラパラと本の頁をめくると緑色の活字がゆったりとレイアウトされていて、イラストもすてきで、一見散文詩のようだった。宣伝文句の（古代ケルトのロマン）という言葉にひかれて、妖精物語が好きで、その上動物好きでもある私は、さっそく買って、その日のうちに読んでしまった。

それはケルトの伝承に出てくるセルキー（アザラシ族の妖精）のからむ幻想的なお話だった。作者のロザリー・フライはさびしい北海の孤島を舞台に、この伝承を現代的な物語にうまくよみがえらせている。ゆりかごにのったまま、ある日海にさらわれてしまった幼い男の子がいた…その子を守り、育てて、再び姉である少女のもとに返すのは、アザラシたちなのだ。少女とアザラシとの無言の交流は別として、この物語のプロットはあくまでも現実的でファンタジーとはいえないが、読後心に残るのは幻想的な美しさである。

もう幼い弟は死んだものと、あきらめている大人たちの中で、この少女だけはその生存を信じ、夢見ているだけではなく、人々の棄て去った孤島にわたって、弟を探すためにさまざまな努力をする…そしてその強い思いと実行力がみのって、ついに弟は家族のもとに戻ってくる。まるで淡彩でえがかれた詩のような物語だが、簡素な筋立てがかえって、霧深い自然の中に生きる人々の素朴な祈りや思いの強さをくっきりと浮かび上がらせている。霧の海のかなたから、弟の魂を呼び戻したのは、ほかならぬ少女の思いの強さなのだ。


ところで、私がこの本を買ってしまったのにはもう一つ理由があった。本の帯に書かれた「海よ、弟ジェイミーをかえして！」という言葉にひかれたのだった。実は私にも二十歳で病没した兄がいる。もう半世紀近くも前のこと…。兄は旧制高校の三年で結核に倒れた。戦後の食糧危機の時代で、まだ十分な治療薬もないころだった。入院三カ月足らずで兄は帰らぬ人になってしまった。それは七月末の暑い日だった。兄のお棺に入れるための一束のキキョウの花をさがして、まだ物のない戦後の町を歩きまわったことを思い出す。

今兄の残した黄ばんだ日記やノートをめくると、食糧も娯楽もとぼしいあの時代に、病いにおかされながら、純粋に人生の意味を求め、心の友を求めた、若い兄の気持がなまなましく伝わってきて、息苦しくさえなる。それらの文字が兄の生きていた時間をまざまざと呼び戻し、豊かすぎる現代との落差がつらくもなる。「兄をかえして！」とそんなとき私も心から叫びたくなるのだ…。

そして五十回忌を迎えるという今年、ふとした偶然から、私は奇しくもその亡兄の友人たちに五十年ぶりに再会する機会を得たのだった。七人の旧友たちが兄を偲ぶ会をひらいてくれ、口々に兄の思い出を語ってくれた。私はその方々の上にそのまま五十年前の若者たちの面差しを見ていた。人の思いというものが時間をこえてたしかに呼び合うのだと思った。

人の思考には過去型と未来型があるということをきいたことがあるが、そうだとすれば私は過去（喪失）という時間にとらわれる方かもしれない。私にとって、生きることはある意味で失うことの連続とも思える。いくつになっても消えゆく存在には慣れることができない。

だが少女が弟ジェイミーを取り戻すようには、私たちは現実の時間を取り戻すことはできない…。ということを知りながら、それでも失ったものを呼び戻さずにいられない思いをもつとき、人は心の中に、あるいは想像の世界に、夢を築くのではないだろうか。ファンタジーとは内的現実だという言葉がある。

それは現実逃避ということではなく、むしろ生者が自らを癒すための力の証しであるように思える。私自身、今まで書いたつたない詩をふりかえって見ても、消えたもの、失ったものへの想いに触発されて生まれてきたものが多い…。（なぜだろうか）

慣れ親しんだものが、ふいに消失するという経験を通して人はいっそうなまなましく存在というものを実感するのではないか。夜空に消える花火の残映の中にこそ、かえって存在の本質を直感するのではないだろうか。

そんなことを思いながらある日、映画の『フィオナの海』を見にいってみた。想像の世界が映像として目の前に現れて動くことに、私はかえってどこか白ける気持を覚えたが、弟をのせた木のゆりかごや、アイルランドのものさびしい海や霧の風景は印象的だった。

そして映画では、ひとりの語り部のような男、タッドという漁師が出てくる。人々からはちょっと頭のおかしな奴と思われながらも、少女にむかって、アザラシの伝説を語りきかせる人物だ。陸に住みながら、海の生きものであった時代の記憶を体内に宿しているようなこの人物の風貌が心に刻まれている。

市民社会のはずれに細々と生きながら、失われた遠い物語を人々につたえていくこの人物のありように、言葉が解釈や説明の座をおりて、イメージそのものをつたえる詩のはたらきを思った。タッドはふなべりから手づかみで、いきなり海から魚を捕る。道具は、使わない。海が人類の記憶の宝庫としたら、詩人もタッドのように、記憶の海から言葉という魚を素手でつかまえようとする種族かもしれない。

「あんさんぶる」一九九六年十一月号

『冬の犬』
──記憶という傷痕──

記憶とは何だろう。人生のさまざまな場面で心に刻まれたいくつかの記憶があって、それらは自分の心身の一部のように、自覚されないままに細胞のなかに取り込まれているのだろう。たとえそのほとんどを一生思い出さないまま過ぎても、それら記憶の中身によって私という存在は成り立っている。また私たちは日々自身の経験を言葉にしていく生きものでもあり、その意識化された第二の現実の方こそ本物だと思っている。実際に経験したわけでもないのに、想像力を媒介にして、まるで自身の記憶の一部のように内部に取り込んでしまう風景や場所もある。

すぐれた文学はときにこうやって個人の生きる領域を広げてくれる。経験、想像、言葉の力は、生身の自分のなかで、たえず交錯し、流動し、複雑な記憶の場をつくりながら、《現実》を再構築している。こうして変容しつづける《現実》を、私は生きている間にどれほど可塑性のある陰影豊かなものにしていけるだろうか。最近読んだアリステア・マクラウドの短編集『冬の犬』はそんなことを感じさせてくれる一冊だった。

「これから話そうとしているのは、私が十一歳のとき、ケープ・ブレトン島の西海岸にあるちいさな農場に家族と住んでいた頃のことである。…当時のことについては、まるで昨日のことのようになつかしく思い出される。それでも…自分がどのくらい当時のままの声で話し、どのくらいそれ以後の大人になった声で話すのか、そしてどのくらい、当時の自分はこんな風だったと思う少年の姿に今の私の思い込みが入っているのか、よくわからない。」

これは『冬の犬』の第一話「すべてのものに季節がある」の初めにある言葉だ。著者が少年時代を過ごしたカナダ東部の島を舞台にしたこれらの短編は、作家の家族や島の人々についての親しい記憶を核にして結晶化された作品であると思う。したがって彼が作品を書くにあたり、記憶というものについての考察を怠らないのはもっともなことであろう。

また他のところではこんなことも書いている。記憶に留まるとは…「ナイフでうっかり手を切ってその傷が完全に治ることはなくその手は二度と前と同じには見えないだろうと自覚しているのと似ている。ふさがった傷口が、ほかの皮膚とは色も質感も違う傷痕になることも想像できる。…傷痕は表面にできて長く消えないのに対して、記憶は心の中に残っていつまでもそこにとどまるもの」であると。

第一話は、十一歳になった少年がサンタクロースへの夢と決別し、大人の世界に入っていくある特別な一日を、家族との交流を通して描いた心の記録だ。一種の通過儀礼の痛みを経て大人の仲間入りをする彼なのだが、その心は人知れず喪失の痛みを味わっている。父親が「誰でもみんな、去ってゆくものなんだ。」「でも嘆くことはない。よいことを残してゆくんだからな」というとき、少年は父がサンタクロースのことを話しているのだと思っている。だが、実はこの言葉はこの一冊を通しての通奏低音のように私には響いてくる。これは去りゆくものたちの物語なのだから。

この短編集には、厳しい自然や動物たちとともに島の日々を克明に生き抜く住民たちの姿や、かつてスコットランドを追われ細々とゲール語の文化を守り続けるケルト系の人々の心情を描いた作品なども収められている。苛酷な気候風土、冬の吹雪のなかで生きるための労働を営々とくりかえす人々の姿に人間が自然の一部として生きていくとはどういうことか、そのありようがまざまざと見える。

この本の題にもなっている「冬の犬」も少年と一匹の犬との交流を通して、生きることの哀しみと厳しさが静かに伝わってくる佳品だ。だれも知らないところで子どもであった自分のいのちを救ってくれた犬、しかし牧畜犬としては役立たずの愚かなその犬は、どういう結末で少年の心に忘れがたい傷を残して去っていったのか。この犬との別れは人生のあらゆる出会いや経験に通じる哀しみを暗示していて、それはこの作品をつらぬく一つのテーマでもある。

「…それでもまだあの犬は生きつづけている。私の記憶のなかに、私の人生のなかに生きつづけ、そのうえ肉体的にも存在しつづけている。この冬の嵐のなかで、犬はそこにいる。耳と尻尾の尖端が黒く、家畜小屋のなかや、つみあげた薪の山のわきや、ポーチの下や、海に面した家のそばで体を丸めて眠っている、あの金色と灰色の混じった犬たちのなかに。」

次に一番の力作と思われる「島」について。無人島を守る灯台守の一家の娘が、赤い髪の若者とのただ一夜の愛によって子をなすが、男は翌年の結婚を約束したまま、二度と戻ることなく…遠方で死んでしまう。だが娘はその男の名を明かすことなく子を産み、やがて年老いた両親が去った後もひとり灯台を守る。島の灯を絶やさずに、孤独なままに過ぎた長い年月の後、ついに機械化された灯台を追われることになったその日、老いた彼女を訪れる幻影のような赤い髪の若者はだれか？　ラストの二行が謎のように胸に沈み、その構成の巧みとともに心に残る傑作だ。

みじんの感傷もなく乾いた筆致で描かれる寡黙な島の女の強さと生き方の清冽さ。若者との夢のなかでのような一瞬の性の触れ合いと、さば漁に島を訪れた漁師たちとの白昼夢のような強烈な性の交歓。そして孤独な女が窓越しに見つめる雨のレース模様の美しさや、暖炉にくべられる薪のなかで燃え落ちてゆく一本の古釘の描写は女の内面を通り過ぎる時間そのものの暗喩のようだ。一回の出会いを生涯の記憶として生きたこの女の物語を読むとき、肉体のなかに潜む白熱的な記憶の層が（すさまじい高熱のなかの一本の古釘のように）ひとの内部で輝くのが見えてくる。

このほかにも印象に残る作品がいくつもあり、一族の誰かが死ぬときに必ず現れる灰色の大きな犬の伝説や、若い日に死に別れた愛妻を胸に山の上にひとり住み続ける、孤独なゲール語民謡の歌手の話なども忘れがたい。まるで自らの経験の一部であるかのようにその情景の細部をイメージさせるこれらの作品の喚起力はどこから来るのだろうか。それは（この作家自身もその血をひく）ケルト的な語りの文化に負っているところがあるかもしれない。押し寄せる現代の合理化の波に足もとをすくわれ、伝統的な生活を奪われ、いずこかへと去ってゆく人々の姿を、民話的な無名の声で語るこの作家の方法によるものかもしれない。

骨太の荒々しい自然のなかに根をおろして生きつづける人々から蒸気のように立ちのぼるのは、人間という存在が内にはらむ悲劇性だ。愚直にもたった一つの自分の生を引きうけ、記憶という傷痕を抱いてそこに生きつづける人々の暮らしには「幸せ」という言葉では括れない重さが感じられ、かけがえのない個のいのちの重さとは、つまり個の記憶（経験）の一回性ゆえなのだと語っている。

『冬の犬』アリステア・マクラウド著（新潮社）

「ペッパーランド」28号　二〇〇四年五月

『ゲド戦記』をめぐって

―《竜》はよみがえるか―

　あなたは竜の言葉を聴いたことがあるだろうか。『ゲド戦記』の著者アーシュラ・K・ル＝グインには「アメリカ人はなぜ竜が怖いか」という評論がある。彼女はその中で《竜》を敬遠するアメリカ人気質について辛口の批評を浴びせている。（『ゲド戦記』では竜が大いに活躍する）。彼女はアメリカ文化におけるピューリタニズム、勤労精神、功利主義などが、この反フィクション的な態度の根にあり、それは基本的に男性のものであり、彼らはイマジネーションという、人間にとって絶対不可欠なこの能力を排斥しようとしているという。

「竜の物語に耳を傾けない人々はおそらく、政治家の悪夢を実践して人生を送るように運命づけられている…人間は昼の光の中で生きていると思いがちだが、世界の半分は常に闇の中にあり、そしてファンタジーは詩と同様に夜の言葉を語るもの…」と。そしてファンタジーなどの日常意識と狂気のはざまに位置する作品のイマジネーションの効用について弁護する。大人とは死んでしまった子どもではなく、生きのび得た子どもであり…、子どものもつ想像力を抑圧し芽を摘み取ってしまえば、大人になってからの人格も矮小なゆがんだものになってしまう。想像力とはもっとも深く、人間的な力の一つではないかという。ファンタジーとは見えない真実の表現なのだ。（そういえばいまや世界に強権を振るうかの政治家氏はファンタジーを読んだことがあるのかな？　などと余分なことを思う。無意識の深みにとぐろを巻く《竜》の恐怖を知らないものこそ、（事実）の奥から眠れる悪を引き出してしまうのではないだろうか。今の政治の場でこそ、ル＝グインいわくのファンタジーの効用が必要なのかもしれない。）

　さて今回編集部から与えられた課題は「『ゲド戦記』第5巻から夢や女性や現代について考える」というものであった。ファンタジーに惹かれる私ではあるが、実は依頼を受けて初めて2巻～5巻を読んだ。というのも、私はいわゆるヒロイックファンタジー（英雄譚）といわれるものよりも、現在の時間ともう一つの時間を往復するようなタイムファンタジーや、内面や夢の時間が日常と交錯するような心理的ファンタジーに惹かれていたからだ。たとえば、フィリッパ・ピアスの『トムは真夜中の庭で』は私の永遠のベストセラーだし、アリソン・アトリーの『時の旅人』の個人の時間と歴史的時間の交錯と葛藤から紡ぎだされる物語や、トーベ・ヤンソンの『ムーミンシリーズ』のもつ（想像上の物語の場であればこその）ユーモアあふれる自在な哲学や詩的飛躍に満ちたファンタジーにこよなく惹かれてしまうので、この「戦記」という題をもつ叙事詩的作品を、つい積読のまま敬遠してきたのであった。しかし読んでみればそのストーリー展開の面白さや、人間への洞察力に引き込まれた。

ル＝グイン自身は『ゲド戦記』3巻を書いたころまだユングの理論を知らなかったといっているが、ユング的な視点からの捉えかたをすると、人物や文脈上の説明もすっきりできる。1巻の『影との戦い』では主人公ゲドは自らの内部にあるシャドウと結ばれて自己を《全きもの》とするし、普遍的無意識からあらわれたような大きな《影》の存在に襲われて生死の境をさまよったりする。2巻の『こわれた腕環』のテナーも女性原理を表す地下の迷宮に閉じ込められ、ゲドという男性と出会うことで自己実現を図る。

だがファンタジーは謎解きでも暗号解読でもなく、本来はそこに自分を没入して、批判的なまなざしでなく、楽しめるものを楽しみ、そこで日常の自分から解放され、もう一つの生を経験する…。それが本来の楽しみ方だろう。心理学的にも多分そのあたりに一種の癒しといわれるものが潜んでいるのだ。そして先にあげた目先の功利主義の網目からこぼれ落ちる時間もそこにあるのだろう。

ここで、1巻～3巻の簡単なあらすじを書いておこう。

第1巻『影との戦い』（1968）アースシーの島に住む少年ゲドが、魔法の学院で勉強を重ね、試行錯誤の末、師の指導により自らの内にひそむ悪（影）を受容し、自己との戦いを果たすまでの物語。

第2巻『こわれた腕環』（1971）テナーは親元からさらわれ、本来の名を奪われ、地下のアチュアンの墓所で、大巫女（喰らわれし者）アルハとして養育される。そこに世界に平和をもたらすといわれる「エレス・アクベの腕環」の半分を探して、今は大魔法使いとなったゲドが潜入する。腕環の片割れを一つに合わせて、ゲドとテナーは共に墓所を脱出する。

第3巻『さいはての島へ』（1972）大賢人となったゲド。だが世界は均衡を失いかけ、魔法がその力を弱めていく…その原因を求め、ゲドは王子アレンとともに旅に出る。終盤でゲドは持てる力のすべてを使い果たし、辛うじて世界に生と死の均衡を回復させる。最後には竜が現れて瀕死のゲドを故郷のゴント島に連れ帰る。ゲドはアレンをアースシーの王の位へと導く。

（この後4巻出版までに十八年の歳月がある）

この3巻を出した後、著者が次の巻を出すまでに十八年もおいていることは興味深い。物語は3巻で一応の完成を見ていると思われる。ヒーローとしてのゲドの軌跡は彗星のようにくっきりとまぶたに刻まれる。永遠の生を求める悪の力と戦い、生と死の境界の扉を閉ざして世界の均衡を取り戻し、その武勲を後世に残してゲドはいずこかへ去る…物語はめでたしめでたしではないか。ところが4巻で老いたゲドが魔法の力を失い、市井の暮らしに甘んじ、テナーの夫となって地道に暮らす展開に失望し、「え？　何なのこれ…」と肩透かしを食わされたゲドファンは多いのではないか。ここではまず4巻と、それに続く5巻のあらすじを追ってみたい。

第4巻『帰還―ゲド戦記最後の書』（1990）力を使い果たして故郷に戻った英雄ゲドは魔法の力を失った一老人である。一方テナーはアチュアンから逃れた後、魔法使いオジオンの指導を断り、一介の農夫の妻として子どもを生み育て、今は寡婦としてひとり農園を守っている。そこへレイプされ虐待され、火の中に投げ込まれて大やけどを負った幼女テルー（後にテハヌー）が養女としてひきとられてくる。テナーとゲドは出会い、二人は男女として結ばれる。ゲドは初めて女を愛することを知る。やがてこの3人の家族の上に新たな悪が迫り、このとき娘テルーは竜としての未知の力を発揮する。

第5巻『アースシーの風』（2001）夢の中で死者の世界から呼ばれ続けるまじない師ハンノキがゲドを訪れる。一方王となったアレン（今はレバンネン）は世界の秩序を脅かす竜への対策に苦慮しテナーに助けを求める。この巻で活躍するのはエリートであった魔法使いたちよりも、女たちであり、ありふれた暮らしを担う人びとである。しかも終わりには次代の大賢人はこの世ではのけ者として扱われたテハヌー（ラストで彼女は竜に変身する）であることが予告される。

3巻を出して以後、ル＝グインが、魔法使いとしては二流ともいえるまじない師や、現世ではマイナスの価値しか持たない女の子テハヌーや、老いへ向かう女たちなどを表舞台に据え、意表をつく展開の下に筆を進めたその理由は何か？　評論集『夜の言葉』『世界の果てでダンス』、そして93年の講演録『「ゲド戦記」を生きなおす』などのフェミニズムに関する発言はその点で示唆的である。たとえば（自分は七〇年代半ばに至るまで、英雄の冒険、ハイテクの未来、権力機構の中の男たちをめぐる小説を書いていた。男たちが中心で、女は末梢的、二次的な存在だった。…男性が女性について書いていることが真実で正しい書き方だと思っていたが、それは不明の至りであった）（批評界を牛耳り、大学や社会の責任ある地位にいたのは男たちであったこと、彼らが芸術についても、ジェンダーについても、男の視点から定義を下していたという事実）があり、（普遍的に人間的であることの基準を男的なものに置くことで、作品の受けはよくなった）と。また世界を肯定、否定の二つの概念で区切る父語は権力の言葉であり、法律、哲学、科学など正義と明解さが行使される用法においては有効だが、それが現実において権力的に用いられるときは危険なものになる恐れがあること。一方女たちの使う言葉である母語はありふれているが、…そのルーツは「一緒に考える」という意味の言葉であり、関係としての会話の言葉であり、物語が語られる言葉なのだと。もし宇宙に人類の代表としての一人を送るとしたら、私は平凡な老女を選びたい。人生の本質は変化であり、数多くの生死を看取り、年齢上の変化を経験し受容し行動してきた人間のみが真の知恵を示しうるからだ、と述べている。

『ゲド戦記』を読んで、3巻から4巻へ入ったとき、私はある驚きと、それ以上の共感を覚えたのだが、それがこれらを読んで腑に落ちた気がする。作家の表現の内面的根拠がつかめたという意味においてだ。私がヒロイックファンタジーよりも日常と異界の交錯するファンタジーに惹かれるのも、芸術におけるジェンダーの問題が関わっているのではないか。西欧の父権社会のなかで男らしさを確立するためには戦いは不可避のものであり、その歴史から生まれてきたファンタジーは、必然的に戦争、競争、征服が中心の物語となる。だが女たちがヒロインに自らを重ね、共感し、成長する上でのモデルを見ようとするとき、女たちのほとんどは男を補助し、男の脇役としてのみ意味をもつ役回りを演じることになる。戦争とはとにかく男が主役なのだ。物語の面白さに（血湧き、肉躍る）という表現があるが、それは自分の感性が物語の流れに同一化してこそのものであり、そうでなければファンタジーを読む醍醐味もそがれるのではないだろうか。ル＝グインは表現者としての内面的変化を率直に表明している。書き進めるにあたり、テハヌー（テルー）という、あらゆる意味で奪いつくされ、世界の外へ放り出されたこの女の子が見えてきて、初めてこの巻を形にすることができたという。またその母になるテナーも魔法という支配する力を自ら拒否し、暮らしの自由を選んだ女であり、ゲドは魔法の力を失い、権力の座を離れ、初めて人間的な男女の愛に目覚めた男なのである。

そしてさらに十一年を経て出された5巻『アースシーの風』では、著者の意識の変化はより明確に新しい風を世界に吹かせようとしている。現代の意識下に忍び込む生死に関わる不安や、人間中心の振る舞いから均衡を失いつつある自然の姿が、悪夢や《竜》の反乱の物語の背後に透けて見える。（竜と人間とはかつて同じ一つのものであったが、竜は太古の言葉と自由を、人間は物をつくる技術とその富を選ぶことで、別の道へと踏み出したのだ）。著者は（竜とは太古の言葉、野性の力そのものであり、ここでは特に体制変革の可能性を担ったものとして表現されている）という。臓器移植、生殖技術革命、クローンの出現などにより、現代では生死の境界が曖昧になり、生者は不死を求めることで生の一回性をまっとうできず、死者たちは己の死に場所を得ることが出来なくなり、個人の死生観もゆらぎ始めている。世界が均衡を失った原因は、魔法使いたちが太古の言葉を操って永遠の生を求め、生死の境界を乱したからなのだ。生き物たちは死んで土の中に、光の中に、風の中に帰るが、そのように人もまた宇宙という大きなものの一部に再び組みこまれてゆくべきだ、という思想が伝わってくる。

物語の最後の場面では、素朴で誠実なまじない師ハンノキと、本当は竜の子であった（人間の姿のときは臆病な女の子にすぎない）テハヌーが力をあわせて、死者を囲い込む石垣をくずす。そして新しい風を呼び込み、彼ら死者を光の中へ解放し、世界の均衡を取り戻すのだ。ここでの主役はもはやかつての知的エリートたちではない。同時にこの巻では異なる死生観や体制をもつ国々の対決が語られ、そこに曙光をみちびき入れるのは、やはり竜人である女たちの活躍や、その相互的な関わりや行動力なのである。

ゲドの恩師であるオジオンの遺した「何もかも変わったのだ」という言葉は、ル＝グインがこの巻をもって、従来の世界の枠組みを根本的に変えるヴィジョンを示唆したかったからだろう。そして次の大賢人はテハヌーであることが予告されるが、女性の中にひそむ《竜》性を見つめ、生の原理としての新しい価値観への転換を探るル＝グインならば、単にゲドの後継ぎとしての女賢人などを考えてはいないはずだ。自らへの道教による影響を語り（人によっては、支配する英雄と受動的な取るに足らない女しか見ないところに、私は攻撃性というものの本質的な空しさ、不毛さを、そして無為、つまり「動かないことによってなされる行為」の深い有効性を見ていたし、今も見ている）と述べる彼女は今後どんな新しい物語を語りはじめるだろうか。《言葉は沈黙に　光は闇に　生は死の中にこそあるものなれ…》。今こそ詩的想像力を生かして、私たちの内部にひそむ太古の竜の言葉に耳を傾けるべきときではないか。

＊参考資料　『ゲド戦記』１～５巻　（清水真砂子訳）岩波書店
『夜の言葉』サンリオＳＦ文庫（１９８５年）
『世界の果てでダンス』白水社（１９９１年）
「『ゲド戦記』を生きなおす」
「へるめす」45号（１９９３年）岩波書店
「詩と思想」二〇〇四年三月号

〔解題〕詩の方法としての夢

《沈黙に覆われたながい堤防を／私はひとりで歩いています／（みえない視線を背中に貼り付けて）／堤防は巨大な図書館に沿って伸び／左手に海がひろがっています／（とても　ねむたい…夜です）／ねむりの奥に／蛇口がひとつ光っていて／（空耳のように　しずかに）／にじいろの魚たちが吐き出されています／六月の重たいやみの底で／沼蛙たちも粘り強く押し合っていて／（私はなかば金縛りになっています）／ここは霧の深い地域です／傘をさしてぼんやり通り過ぎる人もいて／そのうしろ姿はどこか私の家族に似ています／（かれらはすでに地上から旅立ちましたが）／そのひそかな話し声は／湿った大気のなかを漂い／古代のくさび形の文字になって／雨の空にはらはら散らばって…私には／…読むことができません／（ここはくらい壺の底です）／見あげると　空には蛇口がひとつ光っています。そして。／私の背中が　虫のように／かたむいた堤防の上を遠ざかっていきます》

—この詩の引き金となった夢—「水槽の中を金魚が泳いでいる。よく見ると金魚はみな人間だった。水中を自然体で歩き回り、話し合っている。しかもその話すコトバが文字の形で水中に浮かび上がってくる。これはバスツアーのような何らかの企画かも。私も乗ってみたい…。と夢の中で思っている」

この《堤防と蛇口》は、夢の断片から書いたものだ。夢は自分の意識の底から浮かび上がるものと日常の意識とが微妙に綯い合わされながら、物語の断片のようなものを生み出すらしい。そして目が覚めたあとで、意識がもう一度、それらをひとつの物語として仕立て上げるのではないか。私の場合、詩を書く作業はそのような夢の想起の方法と共通するところがある。それはかなり深く、霧に包まれた時間（記憶）の底へ降りていき、そこから何かを浚ってくる作業でもある。もちろんそのためには没我的に自分のなかへ潜入し、あてどない薄闇の底から何かの手がかりを手繰り寄せなければならない。その結果、外部の現実には無関心になって、ただぼうっとしているだけの状態になる。これはかなり時間を無駄に?していることになりかねない。

またこれとちがう詩の見つけかたもある。それは一種自動筆記的に連想をつなげながら、足早にどんどん詩を進行させていく方法だ。スピードをあげて、言葉の自動運動を意識が補いながら追いかけるようにして、短い時間でゴール（などというものがあるのか分からないが）までいってしまう。

もっとも私は書き手としても、読み手としても自動筆記的な作品だけでは満足できないことが多い。それはなぜかとよく思うのだが、結局私が、表現における《言葉》自体よりも、言葉に運ばれて生起する時間の方に（つまり、ある意味で、物語ること、物語られることに）より多くの関心が向かうからではないかと思う。それは結果として言葉の意味に関わることになるのだが。

今回の詩はどちらかというと前者の方法で書いた。テーマは《夢、隠された森へ》であり、夢から一篇の詩を書くことだった。この作品は今年の五月九日に見た夢から書いた。水の中を自由に軽々と歩いている人びとの夢を見たのだが、私は夢のなかでもほんとうに不思議で、なぜ?なぜ?と好奇心や疑問を抱いて見つめていた。だが自分がその企画に参加して、水中人間になってみようというほどの冒険心が現実にあるかどうかは自信がない。そういう意味では自分の心の動きがおもしろく、この夢は自分についての一種の発見であるかもしれない。

実は作品化する過程で、今度の場合ほど苦戦したことは少ない。夢の魅力は、日常では窺い知れない異界をのぞけること、日々の安穏な意識にひびを入れ、意識の領域を広げられること、自己のなかの意外な記憶の発見、などいろいろある。夢によっては、なんでもない一場面が強く記憶に刻まれてしまい、いつのまにか現実の記憶のようになってしまうことがある。もっともそれは夢だけでなく、たとえば一枚の画の風景のこともあるが。

今回夢のなかの水中の人間たちのイメージを追っているうちに、私には長い堤防のイメージが出てきた。それは北方の暗い海辺の風景だった。それはレオン・スピリアールトの絵のなかの風景のようだった。その一枚の絵は、あまりにも印象的だったので、くりかえし反芻しているうちに、私の意識の底に刻み込まれてしまったのだと思う。

ベルギーの北西部にある港町、オーステンドに生まれたレオン・スピリアールト(1881〜1946)は、現実と夢の交錯する幻想的な世界を生み出している。その絵を見たのはもう何年も前のことだ。右手には大きな建物の続く長い堤防、そして左手にひろがる夜の海。どこか不安感の漂うその風景のなかを歩くひとりの男の背中…それは「夜」という作品だが、もう一枚の夜の無人の堤防に右手の建物からこぼれ落ちる明かりが際立つ「堤防の夕べ」という作品とが、私のなかで混然としてひとつの風景のようになっている。

スピリアールトのそれらの作品のなかに、私は巨大な文明の虚構のなかに置かれた人間の孤独と不安を感じる。また別の作品「水浴から戻る人」という題の二枚の作品では、画面のほとんどを占める海と砂浜の広がりの上を、慌てふためいてどこかへ逃げ去ろうとする人々の姿が小さな虫たちのように描かれていて、その絵は測り知れない恐怖がどこからか迫っている不安を感じさせる。

今回私のかいま見たイメージはこのスピリアールトの描いた長い堤防だった。そしてその上を歩く私の背中はもうひとりの私の目に見つめられている。夢のなかの意識はいつも二重性をもっているのだ。

また壺に関していえば、壺の内部はさまざまなものが発酵する場所だ。暗さのなかで、ものたちの輪郭が滲み合い、混ざり合い、夢のなかでのような混沌が許される。いつか壺のイメージで、ある作品を書いたとき、壺を子宮のイメージととらえられたことがある。そういえば、胎児はたしかに混沌を抱え込んでこの世にやってくる存在でもある。

また、蛇口は夢の大きなモチーフである。人は蛇口に対して無防備すぎるかもしれない。蛇口は、ほんとうは怖い。それは文明の生み出した一つの装置だが、ほんとはそこから何が吐き出されてくるかは分らない。見えない暗い所から流れ出してくるものを私たちは受けとるだけだ。スピリアールトは、巨大な人工の構築物である堤防の上に人間の孤独な姿を描いた。それは自身のつくった文明から疎外されてどこまでも歩いていく人の後姿の戯画のようでもある。

水槽の底を歩いたり、話したりしている人びとの夢の変容を、私はさいごの部分に置いた。夢のなかで水面に浮かび上がる文字には強い印象を受けた。だがその文字は読み取るひまもなく、ばらばらと釘のように散らばっていくのだった。意味をそこから読み取りたいという私の願いは空しかった。そして夢の外に私はとり残された。夢の奥へ遠ざかっていく自分の背中を見送っているのは取り残されたもうひとりの自分だった。夢は常に正体を明かさない。だが(だから?)夢は私にとって《言葉》の豊かな土壌なのだ。

※

台所で、バルコニーで、また戸外のどこかで、夢のなかから生えてくる一本の樹をみつけることがあったら、この世のことは何もかも放り出して、死ぬまでその樹の生長につきあっていきたい。それが私の夢だ。

「ペッパーランド」33号　二〇〇七年八月

解説

水野るり子論

ある魔女の物語として

尾世川正明

誰かがいつだったかどこかで水野さんのことを「魔女」と表現したのを聞いた記憶があります。そして当時の水野さんの長く細かく波打って広がった黒い髪と、独特のハリのある高い声や端正なお顔で、「魔女」を連想することはきわめて当然といえることだったでしょう。

そしてさらに童話の世界が縦横に織り込まれた詩の世界や、「ペッパーランド」で展開した周囲にハーブやスパイスの香りを撒き散らすエッセイ、詩人を集めて開かれた月夜の語らいの会、実際に見た夢が詩の中でつながる夢送りの催しなど、水野さんが森に住む魔女の精神をもった神秘的な詩人であることに間違いはありません。

そこでこの論では水野さんの過去四冊の詩集で詩のモチーフの展開を跡付けながら、主に「魔女」をキーワードにして水野さんの詩のありかを私流に語ってみたいと思っています。

水野さんの詩には、小さな女の子がファンタジーの世界で共生していた分身ともいえる兄を失い、ひとりになって成長して森の魔女になるまでの物語が描かれている。実はその女の子は小さい時から魔女になりたかった。魔女にあこがれていたのだというわけです。

しかしその前にちょっと、水野るり子という現代詩の世界ではきわめて独自な詩人の仕事を検証するために、時代の枠組みの中で水野さんの果たした役割をもう一度振り返っておきましょう。

戦後詩とそれに続く時代が終わって、バブルといわれた一九八〇年代は一方で女性詩の時代とされ、詩誌ラ・メールを中心に多くの女性詩人が注目されました。詩のジャーナリズムの世界でも、明治以来おそらく初めて女性の詩の勢いが男性の詩作の勢いを凌駕した観がありました。女性詩といわれる作品に書かれたモチーフの多くは、女性の性愛、女性の肉体、出産、フェミニズム、といったやや騒々しいものだったように思います。

水野さんは一九八三年に『ヘンゼルとグレーテルの島』で第三四回H氏賞を受賞されました。しかし一九八四年から、非常に個性的で美しい小詩誌「ペッパーランド」を主催しておこなった詩的活動のテーマは、それら女性詩とはすこし違った方向にありました。

試みに「ペッパーランド」一号から一〇号までが取り上げたテーマを並べると、「料理」「四元素」「映画」「無人島」「月夜」「写真」「詩の演奏（読み方）」「香り・匂い」「夢送り」「天の川」となります。その後も「森の時間」「動物」「からだの声」「おばあさん像」「世紀末の食卓」「触れる」「気配」「石」などなど、非常に感性豊かな詩的世界をメンバーとともに創りあげたのです。ご本人いわくそれまで「女子供の関心事」とされていたものを、新しい感性の世界として文学として詩誌で展開したのです。さらにひとつのテーマの下に詩人たちが交感する。そして紙面を通じて読者にも共感を提供する。現代版の座の文学とも言える詩誌の世界も作りました。

現代詩が個人の意識や個性的暗喩の追求によって互いに隔絶し、書き手と読み手のコミュニケーションを半ば拒絶してしまった、極論すれば詩人はいても詩の読者がいなくなった時代に一石を投じる試みでした。

私はこの「ペッパーランド」の活動は非常に高く評価され、長くこの時代の文学的成果のひとつとして記憶にとどめられるべきものであったと考えています。もちろん、水野さんたちはそれが楽しいからやっていただけで、文学運動にしようとか、時代に評価されようとかいう余計な意図は全くなかったでしょうが……。


さて本題の詩の話、魔女の話に戻りましょう。

読み返してみると『ヘンゼルとグレーテルの島』のI章には、非常に濃密にひと夏をすごした兄と妹の世界が描かれています。

兄と妹はグリム童話やアラビアンナイトの世界にいま

した。その頃大人たちは長い戦争（太平洋戦争でしょう）をしていました。しかしだからこそふたりだけの物語の世界は閉鎖され外部から隔絶し、内部に広がって別世界となり、永遠となり、宇宙となり、多くの見知らぬ動物、巨鳥モアや象ドーラが住む世界になりました。やがて象はラング（言葉）となって外の世界の本当の姿を語ります。そして結果的に島が冷えて子供たちの上に雪が降ります。この豊かな内的世界の終焉が来るのです。それでも思い出の中で兄は木の家のこと、内的世界の意味、無意識界について語ります。それは水野さんという詩人における精神の個人史であり神話だったのでしょう。

私はこの兄と妹の世界の濃密さに、「恐るべき子供たち」の姉と弟の閉鎖的世界を連想してしまいました。『ヘンゼルとグレーテルの島』にはもうひとつの恐ろしくも美しい子供たちの濃密な閉鎖的精神世界を見るのです。

寓話というもの、しかも詩的イメージで修辞された物語は、本来あらゆる意味づけを拒むものでしょう。そしてしかしそれでも個人には神話としての意味があり、そして読者一人一人はまったく別々の意味を読み取るのです。

本当はこの詩で語られた物語の世界は、すべての実体験から離れたものかもしれません。子供の頃の体験とはまったく関係なく、実は一九八〇年ごろになって、突然詩人の頭の中に現れた虚構の世界かもしれません。（早く亡くなったお兄さんは実際にいたようですが）

かりにそうだったとしても、私のこの詩集についての解釈は何も変わりません。詩人にとっては虚構こそが真実だったりするのですから。

『ヘンゼルとグレーテルの島』の成功で、水野さんは詩を書く自らの方法を確実に手にしたのでしょう。続く詩集『ラプンツェルの馬』では、前の詩集にあった内部世界のイメージが日常生活に湧出してきます。「春のキャベツ」などはそういう時期の代表作だと思います。

また「夏の窓」では童話的世界は夢の世界とも重なってきます。そして「ちしゃ畑で」ではラプンツェルの物語、これは娘を高い塔に閉じ込めたおばあさんの側から語られます。いよいよ魔女が表舞台に登場します。

詩集『はしばみ色の目のいもうと』をすみずみまでゆっくり語るには紙面が足りません。それにすこし話がまどろっこしくなると思います。

ただこの架空のいもうとの物語には、作者がすでに卒業した少女時代が投影されているということが大切なことです。ここではすでにゾウは動物ではなくハーブになります。いもうとは鍋の湯で、きのこ、赤ピーマン、酢、二十世紀、岩塩、ウイキョウ、ハーブをゆでます。これは単なる料理ではなく、マクベス第四幕のはじめで三人の魔女たちが現れて魔法の薬をつくる姿に似ています。釜の中で腐ったハラワタや蝦蟇やヘビを煮ている姿に重なります。

この詩集の中で小さないもうとは森羅万象と交感して、人間以上の存在に変わってゆくのです。神でも妖精でもない、西洋文明を長らく取り入れてきた東洋の果ての国での魔女になるのです。

兄との調和的な共生世界を離れて一人で生きてゆくことになった女の子は、兄と過ごした失われた世界の代わりに、自分自身でこの世界を変える力を持った魔女になることでしか生きていけなかったともいえるのです。

このように見てくると詩集『ユニコーンの夜に』は水野さんが魔女として養ってきた内的現実が、さらに成長して美しい実体になってきているのがわかります。

まず視界に立ち現れるのは「馬」ですが、なぜ水野さんがこれほど馬を偏愛するのか謎です。しかし謎は謎だから美しいということもあります。

『ヘンゼルとグレーテルの島』ではまだ馬の存在は目立ちませんでした。ただ「卵」という詩でおばあさんが現れ、馬はお父さんとともに現れます。馬は満月のベッドに住むお父さんに近い男性的イメージです。

『ラプンツェルの馬』では、馬は緑色の厩舎の奥で蛾のように孵化します。また、ケンタウルスとして深い闇の夜空を登ってゆきます。また、灰色に塗りつぶされたカンバスの上に残った馬の頭部があって、その絵では馬はやがて塗りつぶされて消えてしまうようです。あとがきで水野さんは「消える」ということで見せるエロス、「消える」ということでその存在をなまなましく明らかにするもの、それを照らす月明かりについて語ります。『はしばみ色……』では埴輪のかたちの馬が一度通り過ぎるだけですが、詩集『ユニコーン……』となって、突如馬が氾濫してきます。

「氾濫する馬」では地面から生まれた馬たちが夢の中のすみずみを通り抜けてゆきます。春の夢、やわらかな毛並みの感触、官能的な生きものの出現です。水野さんは雨の日に馬のたまごを一つ、通りがかりの家のひさしの下に埋めます。そして二億年待ちます。

南の島の海岸を旅して見つけた、モクマオウの松かさに似た実を見て、地上に残る馬のたまごだと確信します。

そしてついに月蝕の夜、馬はユニコーンとなり、ひとりの男ともだちを背に乗せて水野さんの住む部屋を訪れてきます。部屋のあちこちで、こわれたもの、欠け落ちたもの、古いがらくたなどが、キラキラと光りはじめる。暗闇でつぶやく貝がらや、土器のかけらや手袋の片一方、死んだ犬の首輪の記憶を男ともだちとともにたずねる旅にでます。またこの男ともだちと、未来で欠如をかかえて生きる、この星の生きものたちの話をします。この間もユニコーンは窓の外でじっと話が終わるのを待っています。

本来馬に似たユニコーンは非常に獰猛なはずですが、処女のふところに抱かれたときだけは従順になる動物でもあります。そして角にはヘビの毒などで汚された水を清める力を持っています。水野さんの培った魔力は馬を、こんな消えた月光にふさわしい不思議な存在に変えたのでしょう。そして兄を失って長いときを経て、魔女になった水野さんは馬に乗った兄の再来を招くのではなく、ユニコーンに乗った新たな魔術師の男ともだちとめぐり合うのです。

月蝕の夜に起こったこの魔女と魔術師の稀有な語らいの時が、この詩集の中心テーマです。だから「ユニコーンの夜に」をこの詩集の表題に掲げたのでしょう。この夜の秘蹟は魔女として、魔術師すなわち「詩そのもの」と交感する非常に根幹的な体験なのです。「西のうわさⅠとⅡ」ではいよいよ隠れていた魔女が本来の姿を現します。

魔女は水野さんのからだの家主であり、からだの奥でしきりに生殖している存在です。女家主があぶないと言う伝言が烏帽子をかぶった虫おとこによって伝えられますが、そもそも女家主は年齢不詳であり、昨夜は老女、今朝は緑の髪の若い女、そして今夜には幼女になるか広い腰の中年女になるかわからない存在です。

水野さんがこの西の女家主の存在に気がついたのは、梨木香歩さんの「西の魔女が死んだ」の物語があったからなのではないかと考えます。詩人が自分の中に眠っていた存在に気づくのには外部の触媒が必要な場合がよくあるものです。でも梨木さんの西の魔女に比べて水野さんの女家主ははるかに禍々しい存在です。千年の蝦蟇のすがたで水底で歌いながら生殖したり、烏帽子の虫おとこも産み落としたり、キャベツを生んだり、あげく薔薇のようにはじけて瀕死になったり、無用な大魚のように横たわり、目がなく、腹は西空のように熱いのです。

『ヘンゼルとグレーテルの島』以来、水野さんはさまざまなイメージを生み出し、その詩的世界を展開してきました。そして水野さんはその詩の世界の入り口に、グリム童話ほかのよく知られた物語を置きました。きわめて個性的な魂のものがたりをする現代詩においては、このように読者とのあいだに共感の共通項を用意することは、詩の制作上もとても大切で、殆ど必須といえる仕掛けになると考えます。

しかしここで見てきたようにその中身は一筋縄なものではありません。水野さんはおそらく自らの詩的世界に関連してでしょう、ユング派の夢理論を研究していた時期がありました。

メルヘンというドイツ語由来の言葉を、日本では子供向けの甘いだけの砂糖菓子のような、夢物語のことと誤解している人も多いようです。しかしグリム兄弟が最初に集成した童話集にも民話的な、人々の心に潜んでいる残酷さや性的願望がかなりあったようです。そして今に残る物語にもその痕跡が数々見られます。ユングのいう元型が見て取れる世界でもあります。

またグリム童話と同時期のドイツロマン派の作家ホフマンが「近代のメルヘン」という副題で書いた名作『金の壺』はけして子供向けの文学ではありません。

詩人とは言葉の魔術師でなくてはいけません。詩の魔術はこの世の無からさまざまな美しさを生み出す秘法でもありますが、一方禍々しいものもたくさん生み出す魔女の技でもあります。

そしてその魔女は時として「きれいはきたない、きたないはきれい」といったこの世の真実を語り、また時には陰で不吉な予言もする、この上もなく魅力的な存在なのです。

おおきい足跡の寸法についてながい論文を書く兄と素足のいもうと

——水野るり子論

相沢正一郎

1

《二人で一つの島にすんでいた夏がある》ではじまる「ヘンゼルとグレーテルの島」は、グリムの「ヘンゼルとグレーテル」よりももっと遡って、創世記に近い。「われわれは、どこから来てどこへ行くのか」といった、根源的な疑問さえ浮かぶ。

グリム童話の「森」でなく「島」が中心になるのは、西洋の「危険で得体の知れない森」、「宝物が隠されている征服すべき自然」といった考えは水野さんにはなくて、たとえさびしい島の《空と明るい羊歯の森かげ》は、たとえ《かまどの中で魔女がよみがえりはじめていた》としても、どこか懐かしい。だからだろう。《パン屑も小石》

もなくし、この世に帰れなくて迷子になってしまった兄への愛は《透明な小さいコップのような夏》に昇華されている。

《夢の中へもう一つの夢からさめていくように死の傍は暗かった　兄の目が私をじっと見ていた　私を通して背後の窓を見ていた》（「ドーラの島」）という詩句は、死と生が交差してエロチックでさえある。また、死、夢の方から静かにこの世を見る眼差しは限りなく美しい。

2

サナギを蝶に孵してやるのに凝っていたときがある——どういうことか、というと、庭の柚子の木から枝ごと幼虫をとってきて、家の中で育てる。幼虫が鳥に食べられてしまわないように。黒くてちいさな虫は、柚子の葉を食べてアオムシに成長する。アオムシを指でつつくと、あたまのうしろからオレンジ色のつののがニューッと出る（つのはトカゲの舌に似ている。臭い）。やがて、アオムシは、糸を吐いて枝にからだを固定するとさなぎになった。……一億四千万年前からくりかえされてきた物語。

《（けれど　そのとき　すでに／天空を　いっぴきの蛾が羽ばたいている／柔らかく巻きかけた一枚の葉に／卵の粒つぶを星雲のように産みつけようと…）／／そしていつからだろう？／アオムシがいっぴき／さくさくとさくさくと／レタスの内部をそしゃくしている／そのうすみどりの消化器官を／宇宙の闇で／たえまなく満たしながら》（「レタス宇宙」より）

劇作家のハロルド・ピンターは《沈黙には二つあります。一つは言葉が全く語られない時のものです。もう一つは、おそらくは奔流のような言葉が語られている時のものです》という。がつがつ柚子の葉を食べていたアオムシが、さなぎを作る前は食べるのも忘れて部屋中を這いまわる。それから、気に入った場所を見つけるとまったく動かなくなる。外側から見ると仮死状態のさなぎも、内側には《奔流のような言葉が語られている》のだろう、きっと。

そして、ワープロを打っていて、うっかり「さなぎ」と書くところを「なぎさ」とまちがえてしまったけれど、さなぎ（卵）もまた、なぎさ（島）とおなじように、無意識と意識、男と女、死と生、過去と現在の波打ち際。

3

水野さんが書いた「馬のたまご」ということばが、おもしろくて印象にのこっていた。また、こんなイメージも《馬たちが／蛾のように孵化しています／透きとおったひづめが／卵の殻の内側を／しきりに掻いていて》（「春のキャベツ」より）

ある夜、娘に日本の昔話を読み聞かせていたら、「馬のたまご」というお話があった。図書館で借りてきた本で、たしか沖縄の話だったとおもう。素朴でおおらかな笑いは健康的で、水野さんのユーモアとは味わいがちょっと違う。アンリ・ルソーとパウル・クレーほどの距離があるものの「馬のたまご」というイメージはいっしょ。もしかして、このお話をご存知だったのかな、と思っていたら、「知らない」と言う。さっそく、図書館でまた本を借りて、コピーしてお送りした。そのとき、「水野さんの心の奥から発掘したイメージがむかしの沖縄の人々の深い層とつながっていた――そんなことを考えると楽しい」といったような内容の手紙も同封した。

4

子どもに本を読み聞かせていて気がついたが、実際に声に出してみると、文章のうまいへたが一目瞭然。いくら見栄えのよい料理でも舌にのせてみればすぐわかる。子どもの読みものだけに、難解な言葉で相手を煙に巻く、といった手は通用しない。また、意味を伝達すればひとまず用が足りる、といった程度では、すぐに飽きられ、眠られてしまう。声は、言葉のもつリズム、におい、はだざわりを呼びさます。――本当は、ぼく自身がいちばんお話を聴きたかったのかもしれない。

《兄は云った　ドーラは世界の幼ない原型なのだ。象から鳥に　鳥からトカゲに　トカゲから貝に　貝からヒト

に　たえまなく送られてくるらせんの音階が見える　ドーラから発信され　無限につづく緑色の母音の系列はまたドーラの耳に還ってゆく　ドーラは聴いている　ぼくらの内なる〈ア〉をざわめかせ　ぼくらのさまよう〈イ〉をいざない　ゆるやかな母音のリズムが球形の空をめぐっているのだ》（「ドーラの島」より）

もっとも、黙読でも、昔話やたとえば宮沢賢治などからは、語りかけてくる無人称の声を、こころの深いところで聴くことができる。《一本のマッチでなく一本の勁い絵筆を持ちたいと願った》（「木の家」より）水野さんの文章——明晰で、簡潔で、無駄がない。そしてなによりも透明感のある色彩、音楽（ぼくは、パウル・クレーを思い出してしまう）——もまた、ずうっと遡っていって文学と口承文芸との波打ち際にも根をはっている。それが、現代と交錯した。CD詩集『うさぎじるしの夜』は、いかにも水野さんらしい。

『ヘンゼルとグレーテルの島』を子どもに読み聞かせては、とも思った。ねむりとめざめの波打ち際は、まさに水野さんの作品を読むのにうってつけ。——でも、悪夢を見て、うなされそう。

5

はじめに『グリム童話集』の序文から。

《よく見かけることだが、天から遣わされた嵐やその他の災害によって、麦がすべて地面になぎ倒されたときに、道端の低い生け垣や灌木のわきに、ほんのひとにぎりの地面が損なわれずにのこっていて、麦の穂がぽつぽつとまっすぐに立っていることがある》と、昔話を植物になぞられている。なるほど、昔話も植物も、いつ、どこで、だれが作ったのかわからない。また、神話のように時の権力者に保護されてきたわけではない。

《いやだいやだ！　この世は雑草の伸びるにまかせた／荒れ放題の庭だ、胸のむかつくようなものだけが／のさばりはびこっている》つぎに小田島雄志訳で、『ハムレット』のセリフだが、奇妙なことにハムレットも水野さんと似ているところがある。タガが外れた世界そのままに「まっぷたつ」にひきさかれているのだ――手紙を書くペンと剣、本とシャレコウベ、それから、芝居（ヴァーチャル・リアリズム）と現実、狂気と正気、きまじめと道化、――ふたりとも両極端を不安に揺れ動く。

水野さんの場合はどうだろう。『ラプンツェルの馬』の「あとがき」を見てみよう。

《春がくると、冬越しのプランターの土の表面に名も知らない種々の芽がわいわいとのびてきて、（……）私の作品もそんなおおらかな季節の呼び声に応じて、はじめはそっと、やがてがやがやと騒ぎ出した声の一群かもしれません》

「あれかこれか」と厳しく分断する潔癖さに対し、水野さんの場合、カオスから湧き出した声に、自然の中で演じられる「死と再生」のドラマに静かに耳を澄ましている。

6

《月は死者たちの澄んだ瞳に似ている。いもうととわたしは庭に散った二枚の薔薇の葉のように月に照らされていた。いないことといること…いもうととわたし…が左手と右手のように、真夜中の庭の時間を分け合っていた。世界は死者たちの記憶の容積だった。そのひかりの青い容積…のなかへ、ちいさないもうととわたしは溶けていった》（「真夜中のいもうと」より）

この《いもうととわたし》のふたり、《いないことといること》は、すでに『ヘンゼルとグレーテルの島』の兄と妹でおなじみだ。日本では、むかしは陰暦だったためか、月は重要で、月を愛で、月をうたう詩歌が多いのに、西洋では、太陽をうたう詩が多い。

三木成夫の『人間生命の誕生』によると、ぼくたちの祖先が海から出た脊椎動物の歴史を振り返ってみると、一億年近い海岸の生活――「潮のリズム」が細胞に染みついている、という。だから、中生代に獲得した太陽を基準としたリズムに、しだいに覆い隠されていくが、古代海水の中でいつしか身につけた生命の記憶は生きつづけているらしい。

『ラプンツェルの馬』から『はしばみ色の目のいもうと』

にかけて、水野さんの中で「月」が重要になってくる。『ヘンゼルとグレーテルの島』にも「月」は出てきたけど、皿や卵やアドバルーンとおなじ完全な円（「満月」）で、しだいに欠けていく不吉なイメージではなかった。キリスト教の川のようにまっすぐ流れる時間ではなく、「真夜中のいもうと」が織り込んだ『トムは真夜中の庭で』の「月の庭」は、過去と現在が交錯する渦巻あるいは螺旋状に流れる、東洋の時間だった。

さて、「はしばみ色の目のいもうと」の祖先（？）は、「春の少女」の死の重さを測る、うすみどりのてのひらの「水かき」のある少女なんて、三木成夫の説にあまりにもぴったりしすぎる。馬に父の影を感じてしまうように、いもうとに亡くなった母の影は濃いだろう、と思うのは、あながち間違いとはいえまい。

7

最後に、詩集『クジラの耳かき』以降の水野さんの作品についてひとこと。

銀色の四角い箱の『クジラの耳かき』をあけると、「ユーモア」と「軽み」のあるおいしい歌がたくさん。ちょっぴり苦味のある味わいは、しかめつらで論じると零れおちてしまうのでご用心。

おおきなクジラとちいさな耳かきが、なんの不思議もなくとけあう水野ワールドでは、『ユニコーンの夜に』のもっとも動物的な力の象徴の「馬」が、植物のように地面から生まれたり、空をとぶ鳥のように卵から孵ったり。水野さんの詩が難解だ、という人がいるけれど、へたな夢判断をしようとさえしなければ、子どもだって（子どものほうが、より一層）豊かな宇宙で遊べるのに。

水野さん、最近『遠野物語』に関心をもたれていて、柳田国男に触発され、いくつかの作品を発表している。古今の詩人たちのようにだんだん日本に回帰していく、というのではおそらくあるまい。いままで西洋風のファンタジーを東洋の（あるいは日本の）鏡に映していた詩人が、こんどは西洋の鏡に日本を映している。そんな気がする。

水野るり子年譜

一九三二年（昭和七年）　零歳

東京、大森山王にて父笹岡憲一、母富江の長女として出生。兄二人。父はドイツ系の会社ハー・アーレンス商会に勤務。（高校時代以降、武蔵小山、大井町、阿佐ヶ谷などに転居する）

一九三五年（昭和十年）　三歳

妹（次女）誕生。四人兄妹となる。

一九三八年（昭和十三年）　六歳

入新井第三小学校入学。

一九四一年（昭和十六年）　九歳

太平洋戦争始まる。

一九四四年（昭和十九年）　十二歳

都立第六高等女学校に入学。

一九四五年（昭和二十年）　十三歳

三月、東京大空襲を受け、大森も火の海となるが家は災害を免れた。

一九四七年（昭和二十二年）　十五歳

旧制松本高校在学中の次兄死亡。

一九四八年（昭和二十三年）　十六歳

（第六高等女学校→三田高校に名称変更）

一九五〇年（昭和二十五年）　十八歳

三田高校卒業。都立大学入学。この頃結核を患い療養する。都立大学中退。

一九五一年（昭和二十六年）　十九歳

東京大学教養学部入学。

一九五六年（昭和三十一年）　二十四歳

文学部仏文科卒業（卒論はアルベール・カミュ論。主任教授・渡辺一夫）。卒業後就職困難で、日本能楽協会に勤務。その後大阪合同（株）入社。貿易事務担当。

一九六一年（昭和三十六年）　二十九歳

水野敬三郎と結婚し、退職。杉並区阿佐ヶ谷に転居。ジェトロ（日本貿易振興会）に入社。

一九六四年（昭和三十九年）　三十二歳

埼玉県上福岡市に転居。ジェトロ退職。友人らと

「すこっぷの会」を結成。童話の翻訳などを始める。

一九六八年（昭和四十三年）　三十六歳

土橋治重氏の「風」に参加。（後年、秋谷豊氏の『地球』を経て、望月苑巳氏の「孔雀船」に参加。）

一九六九年（昭和四十四年）　三十七歳

ルネ・ギヨ著『白い馬』（すこっぷの会共訳）実業之日本社刊。

一九七二年（昭和四十七年）　四十歳

十月父死亡。暮にインドへ旅行。翌年夏に韓国へ旅行。

一九七四年（昭和四十九年）　四十二歳

シャンソンコンサート『動物図鑑』公演（企画北川フラム、制作ゆりあ・ぺむぺる、作詞水野るり子、作曲堤政雄他、唄・水木陽子）銀座中央会館。

一九七五年（昭和五十年）　四十三歳

九月、急性肺炎のため一か月入院。重篤となり輸血を受け、その後肝炎を起こす。病室で西脇順三郎を読む。

一九七六年（昭和五十一年）　四十四歳

インド思想に惹かれヨーガを始める。

一九七七年（昭和五十二年）　四十五歳

第一詩集『動物図鑑』（地球社）出版。

一九七八年（昭和五十三年）　四十六歳

コンサート《砂に埋もれる犬》―滅びゆく動物たちに都会の片隅から唄う―詩・水野るり子。（演奏と歌・遠藤トム也）於新宿カフェモーツアルト。

一九七九年（昭和五十四年）　四十七歳

暮から翌年にかけて北京・洛陽・西安・上海へ旅行。その後（一九八一年）インドネシアへ旅行。

一九八三年（昭和五十八年）　五十一歳

詩集『ヘンゼルとグレーテルの島』（現代企画室）出版。舟崎克彦氏の講座《ファンタジーの祝祭》の仲間たちを中心に詩とエッセイの雑誌「ハーメルン」発行。

一九八四年（昭和五十九年）　五十二歳

詩集『ヘンゼルとグレーテルの島』によって三十四回H氏賞受賞。「文芸広場」誌上で平澤貞二郎氏と対談。きき手畠中哲夫氏。日本現代詩人会に入会。前田ちよ子と詩誌「ペッパーランド」創刊。二〇一〇年までに三十四号を編集・発行。この間別冊「夢送り」その他特集号を出す。（その間メンバーの移動はあったが、主な同人は、岡島弘子、荒川みや子、絹川早苗、佐藤真里子、徳弘康代、八木幹夫など。その他寄稿者多数）この頃よりユング派分析家秋山さと子氏の講義を聴く。（夢分析・箱庭療法などに関心をもつ）

一九八五年（昭和六十年）　五十三歳

月刊「フェミナス」（PR誌）に二月号～翌年八月号まで巻頭詩を書く。スペイン・フランス・イタリアへ旅行。

一九八六年（昭和六十一年）　五十四歳

横浜市中区へ転居。横浜詩人会入会。四月号より月刊「のびのび広場」（学研）に詩を連載。エジプトへ旅行。

一九八七年（昭和六十二年）　五十五歳

詩集『ラプンツェルの馬』（思潮社）出版。訳詩集『人生よ　ありがとう』—ビオレッタ・パラによる十行詩自伝—（現代企画室）出版。

一九八八年（昭和六十三年）　五十六歳

ミュージック・ファンタジー《海のサーカス》上演。（主催・生音の会）。原作・脚色、水野るり子。於玉川区民会館ホール。この年スペインのカタルニア地方、パリへ旅行。

一九八九年（平成元年）　五十七歳

横浜で、たこぶね読書会をはじめる。現在に至る。

一九九一年（平成三年）　五十九歳

「ペッパーランド」よりエッセイ集『母を語る二十三人の娘たち』（岡島弘子・前田ちよ子と共同編集）発行。九月母死亡。その後、夫が客員研究員としてハーバード大学に滞在するのに伴い、同大学寄宿舎に十二月上旬まで滞在。日本文学研究者E・A・クランストン教授と知り合う。その後のクランストン氏による水野るり子詩集の翻訳・評論につながる。この間、北米各地、フランスなどへ旅行。

一九九二年（平成四年）　六十歳

「ペッパーランド」の企画により、詩とエッセイ集『母系の女たちへ』編著（現代企画室）出版。絵本訳『いたずらかいじゅうトアトア』クラウス・バウムガルト作（草土文化）出版。続編トアトアシリーズの訳『トアトアまよなかのぼうけん』『トアトアふしぎのくにへ』出版。『生命の解読』（神奈川大学評論編集専門委員会編・御茶ノ水書房刊）に解説《生命論はどこへ》を寄稿。ハワイへ旅行。

一九九三年（平成五年）　六十一歳

パリ（ギメ美術館その他）・ローマ・ベネツィアへ旅行。

一九九四年（平成六年）　六十二歳

『ヘンゼルとグレーテルの島』の巻頭の連作5篇（E・A・クランストン訳）が『Tri Quarterly91』（Northwestern University Press, ILLINOIS）に掲載される。

一九九六年（平成八年）　六十四歳

この年から九九年にかけて葉書詩「滅び行く動物たちへ」（絵・東芳純）、「夢の回転扉」（絵・水橋晋）を毎月発信。

一九九七年（平成九年）　六十五歳

詩誌「ひょうたん」に、4号から参加。『没後30年村上昭夫『動物哀歌』への道』（日本現代詩歌文学館）に、「幻視の人《村上昭夫》―その作品の諸特性」を寄稿。

一九九九年（平成十一年）　六十七歳

詩集『はしばみ色の目のいもうと』（現代企画室）出版。

二〇〇〇年（平成十二年）　六十八歳

横須賀市立桜小学校校歌「光のなかを」作詞（曲・横山潤子）、「ARGONAUTES―私の一冊―」たこぶね読書会十周年記念号発行。『大地の芸術祭』―越後妻有アートトリエンナーレ2000―に詩とエッセイを寄稿。

二〇〇二年（平成十四年）　七十歳

「卵」「忙しい夜」E・A・クランストン訳が米誌

『Nimrod International Journal』(The University of Tulsa, OKULAHOMA)に掲載される。
二〇〇三年(平成十五年)　七十一歳
詩集『クジラの耳かき』(七月堂)を出版。横須賀総合高校校歌「夜明けの海の…」の作詞(曲・横山潤子)、CD―ROM詩集『うさぎじるしの夜』(制作オリジン・アンド・クエスト)を発行。
二〇〇五年(平成十七年)　七十三歳
「ヒポカンパス」1～6号(岡島ひろ子主宰)に参加。
二〇〇六年(平成十八年)　七十四歳
国民文化祭の詩の選考委員をつとめる(山口市)。詩人クラブ主催の現代詩研究会で中上哲夫氏と対談「エルヴィス/詩/場所(トポス)」(於横浜エルプラザ)。
二〇〇七年(平成十九年)　七十五歳
神奈川新聞文芸コンクールの詩部門の選考をつとめる。(二年間)。「ペッパーランド」33号(終刊号)発行。
二〇〇八年(平成二十年)　七十六歳
『詩学入門』(日本詩人クラブ)に対談「エルヴィス・詩・場所(トポス)」が掲載される。
二〇〇九年(平成二十一年)　七十七歳
「The Dark At The Bottom Of The Dish・・・Fishing For Myth In The Poetry Of Mizuno Ruriko」(皿の底の暗がり…水野るり子の詩の謎を探る)がE・A・クランストン著書『The Secret Island and The Enticing Flame―日本の詩における記憶と発見と喪失の世界―』(イリノイ大学出版部)に掲載される。
絵本訳『ヘンゼルとグレーテル』シンシア・ライラント作　ジョン・カラーチー絵(新樹社)を出版。詩誌「ラプンツェルのレシピ」を「Gの会」より発行。「ペッパーランド」より《前田ちよ子追悼号》を発行。
二〇一〇年(平成二十二年)　七十八歳
詩誌「二兎」創刊(特集―芝居小屋のアリス)(同人・坂多瑩子・佐藤真里子・徳弘康代・中井ひさ子)。詩集『ユニコーンの夜に』(土曜美術社出版販売)出版。
二〇一一年(平成二十三年)　七十九歳
『ユニコーンの夜に』により小野市詩歌文学賞を受賞。

「一兎」2号（特集きりのなか）発行。横浜詩誌交流会で講演。《詩について》（徳弘康代氏との対談形式）。スペイン語訳詩集『Poesia contemporanea del Japon』（日本現代詩集）ベネズエラのロス・アンデス大学発行（編集・中上哲夫・細野豊）に「氾濫する馬」他数編が載る。英訳の詩と評論集『Immortal Monumennts』思潮社刊（編集・高市順一郎）に「影」他数篇の作品が載る。『Asia Poem』（韓国語によるアジア詩集）に「馬のたまご」「氾濫する馬」（佐川亜紀編）の韓国語訳が載る。『うさぎじるしの夜』（制作販売 ePubブックストア）（発行・土曜美術社出版販売）が電子ブックになる。『セコイア』に〝語りのオリジン〟「ユニコーンの夜に」（原田道子）が掲載される。（諸氏敬称略）

現住所　〒231―0868
神奈川県横浜市中区石川町五―一二―一〇―八〇一

新・日本現代詩文庫 100 水《みず》野《の》るり子《こ》詩集

発行 二〇一二年九月十五日 初版

著者 水野るり子
装幀 森本良成
発行者 高木祐子
発行所 土曜美術社出版販売
〒162-0813 東京都新宿区東五軒町三—一〇
電話 〇三—五二二九—〇七三〇
FAX 〇三—五二二九—〇七三二
振替 〇〇一六〇—九—七五六九〇九

印刷・製本 モリモト印刷
ISBN978-4-8120-1960-3 C0192

新・日本現代詩文庫

土曜美術社出版販売

91 前川幸雄詩集　解説 吉田精一・西岡光秋
92 なべくらますみ集　解説 佐川亜紀・和田文雄
93 津金充詩集　解説 松本恭輔・森田進
94 中村泰三詩集　解説 宮澤章二・野田順子
95 和田攻詩集　解説 稲葉嘉和・森田進
96 藤井雅人詩集　解説 菊田守・瀬崎祐
97 馬場晴世詩集　解説 久宗睦子・中村不二夫
98 鈴木孝詩集　解説 野村喜和夫・長谷川龍生
99 久宗睦子詩集　解説 伊藤桂一・野仲美弥子
100 水野るり子詩集　解説 尾世川正明・相沢正一郎
101 岡三沙子詩集　解説 金子秀夫・鈴木比佐雄
102 星野元一詩集　解説 鈴木漠・小柳玲子

〈以下続刊〉

103 清水茂詩集　解説 北岡淳子・川中子義勝
104 山本美代子詩集　解説 安水稔和・伊勢田史郎
105 武西良和詩集　解説 細見和之
106 酒井力詩集　解説 〈未定〉

1 中原道夫詩集
2 坂本明子詩集
3 高橋英司詩集
4 前原正治詩集
5 三田洋詩集
6 本多寿詩集
7 小島禄琅詩集
8 新編菊田守詩集
9 出海溪也詩集
10 柴崎聰詩集
11 相馬大詩集
12 桜井哲夫詩集
13 新編島田陽子詩集
14 新編真壁仁詩集
15 南邦和詩集
16 星雅彦詩集
17 井之川巨詩集
18 新々木島始詩集
19 小川アンナ詩集
20 新編井口克己詩集
21 新編滝口雅子詩集
22 谷 敬詩集
23 福井久子詩集
24 森ちふく詩集
25 しま・ようこ詩集
26 腰原哲朗詩集
27 金光洋一郎詩集
28 松田幸雄詩集
29 谷口謙詩集
30 和田文雄詩集
31 新編高田敏子詩集
32 皆木信昭詩集
33 千葉龍詩集
34 新編佐久間隆史詩集
35 長津功三良詩集
36 鈴木亨詩集
37 埋田昇二詩集
38 川村慶子詩集
39 新編大井康暢詩集
40 米田栄作詩集
41 池田瑛子詩集
42 遠藤恒吉詩集
43 五喜田正巳詩集
44 森常治詩集
45 和田英子詩集
46 伊勢田史郎詩集
47 鈴木満詩集
48 曽根ヨシ詩集
49 成田敦詩集
50 ワシオ・トシヒコ詩集
51 高知太郎詩集
52 大塚欽一詩集
53 香川紘子詩集
54 井元霧彦詩集
55 高橋次夫詩集
56 上手宰詩集
57 網谷厚子詩集
58 門田照子詩集
59 水野ひかる詩集
60 丸本明子詩集
61 村永美和子詩集
62 藤坂信子詩集
63 門林岩雄詩集
64 新編原民喜詩集
65 新編濱口國雄詩集
66 日塔聰詩集
67 武田弘子詩集
68 大石規子詩集
69 吉川仁詩集
70 尾世川正明詩集
71 岡隆夫詩集
72 野仲美弥子詩集
73 葛西洌詩集
74 只松千恵子詩集
75 鈴木哲雄詩集
76 桜井さざえ詩集
77 森野満之詩集
78 坂本つや子詩集
79 川原よしひさ詩集
80 前田新詩集
81 石黒忠詩集
82 壺阪輝代詩集
83 若山紀子詩集
84 香山雅代詩集
85 古田豊治詩集
86 福原恒雄詩集
87 黛元男詩集
88 山下静男詩集
89 赤松徳治詩集
90 梶原禮之詩集

◆定価（本体 1400円＋税）